W0302390

FOLIO POLICIER

Charles Daubas

# Cherbourg

Gallimard

*© Éditions Gallimard, 2019.*

Charles Daubas est né à Hong Kong le 26 octobre 1981. Après une formation en science politique et en architecture, il devient urbaniste. Il intervient dans plusieurs villes, de Marseille à Shiraz, et au sein de territoires ruraux. Il enseigne également à l'École d'urbanisme de Paris. *Cherbourg* est son premier roman.

Il y a des erreurs qui contiennent une autre vérité.

ERRI DE LUCA

*Printemps 2012*

*Rade de Cherbourg*

Il y a parfois au fond de l'eau des choses inhabituelles. Des mouvements inconnus qui ondulent d'une manière qu'on n'a jamais vue, des êtres qui ne connaissent que l'obscurité et dérivent au-delà de cette frontière où la lumière du jour se recroqueville. Ces organismes se tiennent éloignés des saisons et des âges, naviguant quelque part dans un cosmos où l'eau est toujours immobile.

L'homme n'a pas connaissance de ces choses car il est rare sinon impossible qu'elles remontent à la surface, qu'elles quittent leur temps de semi-éternité pour venir se brûler à la lumière du soleil. Sauf bien sûr quand l'impossible s'égare et affleure à notre réalité par hasard.

Ce jour-là, il y a au fond de l'eau une forme sans contour qui s'écoule comme un grand courant dans les eaux calmes de la rade de Cherbourg. Sa course est sans effort, sans usure. Elle s'avance ainsi, portée par l'inertie, fendant les flots comme si ce n'était que de l'air.

Dans cette partie de la rade, ils sont trois, travaillant sur l'eau, debout sur quatre segments de bois et de métal qui constituent le contour émergé d'un vaste enclos marin. Ici, à l'abri des longues digues qui protègent la rade, on travaille debout sur ses deux pieds, sans ligne de vie, qu'importent le temps et les dépressions du large. Chaque jour de l'année, les hommes arpentent ce carré de bois, dont le plancher articulé épouse les houles légères mais ne résisterait pas une nuit au flot du large.

Sur l'une des coursives, deux hommes se tiennent côte à côte. Ils ont saisi des perches qu'ils dressent lentement à la verticale, deux aiguilles immenses pointant vers midi. Puis, tout aussi lentement, ils les immergent, sondant l'eau devant eux comme s'ils exploraient le cœur d'un cloître noyé.

Sous leurs pieds, la profondeur semble soudain s'emplir de milliers de battements.

Sur le bord opposé, un autre homme se tient appuyé à une conduite d'eau. À l'extrémité, une bouche de grande section crache un flot trouble et épais. Aspirée quelque part sous la surface, au cœur de l'enclos, l'eau de mer réapparaît ici sous la forme d'un jet continu mêlé d'écume. Elle est dirigée au centre d'une longue table aux bords relevés, dont le fond formé de tubes d'acier parallèles dessine une surface à claire-voie. L'eau jaillit, noyant le métal des rouleaux, puis s'écoule sans peine à travers les interstices pour rejoindre la mer un peu plus bas.

L'homme se tient maintenant penché sur la table, le visage à hauteur de la buse, le regard posé sur l'écoulement de l'eau. Le jet reste un moment inaltéré, puis le flot hoquette soudain, comme s'il se chargeait d'une matière plus lourde. Le fil blanc de l'eau apparaît alors parcouru de taches et la bouche vomit sur la table une matière mêlée qui s'éparpille en une dizaine de corps en sursaut.

Au contact du métal froid, les corps gras des saumons se cambrent et bondissent sans guide à travers la matrice régulière des tubes. Puis, peu à peu, ils s'apaisent et se conforment à cette nouvelle géométrie. Ils attendent ainsi, le corps parallèle, la chair légèrement aplatie au contact de la ligne dure du métal.

Puis les rouleaux se mettent à tourner et les poissons les plus frêles sont entraînés vers la mer un peu plus bas. Au-dessus de la ligne humide, seuls restent accrochés les saumons adultes. Le corps trop large, frottant contre l'acier en rotation, ils se refusent à la gravité qui les appelle. Ils sautent à nouveau, dansant sur la table comme s'ils tentaient désormais de s'envoler.

Alors, la silhouette des hommes apparaît au-dessus d'eux. Ils sentent leurs mains gantées, le contact du latex épais puis celui du polystyrène humide au fond des caisses où on les dépose par quatre ou cinq. Ensuite viennent l'obscurité, le couvercle rabattu et le choc de la caisse qu'on soulève puis qu'on jette sur le pont du bateau.

Le soleil est encore haut. Le vent est tombé un peu plus tôt dans l'après-midi. La traversée de la rade est calme. Les hommes ont pris place d'un côté et de l'autre des caisses qui occupent le centre du pont. Assis sur le franc-bord, ils plaisantent, en regardant à leurs pieds ce poisson qui s'agite et envoie valser le couvercle.

« Eh ben, en voilà un qui revient de chez les morts. » La queue du saumon frappe violemment les parois de la caisse tandis que son mouvement le ramène peu à peu à la surface des corps inertes. Daniel pose doucement la semelle de sa botte sur le dos du poisson qui menace de basculer en dehors. « Il sera en morceaux que ses filets essaieront quand même de se faire la malle. »

Les autres regardent en riant Daniel faire le papillon avec ses bras. Daniel aux cent vies. Une vie passée au chantier de l'Arsenal à souder l'acier des coques de sous-marins. Puis une autre en mer. Une à terre au chantier de carénage à poncer la peinture des chalutiers. Une ici, peut-être sa dernière.

Il se penche vers le saumon et glisse deux doigts dans l'une des ouïes de l'animal. Il le soulève, et le porte jusque devant son visage, lentement, comme s'il voulait lui parler à l'oreille.

« Y a des moments où faut savoir crever, mon vieux. Et ça vaut pour tout le monde. » Les autres sourient. Mais Daniel les a oubliés. Il tient le poisson devant lui. Il l'observe comme ça, longuement, sans plus rien dire.

Il se dit qu'il n'est pas si gros. 5 kilos peut-être. Il en a vu des plus imposants.

Il regarde cet œil fixe, accroché à lui. Il est vide de peur, vide d'étonnement. Un peu plus haut, la bouche s'ouvre à intervalles réguliers. Un ânonnement sans fin plutôt qu'une agonie.

Daniel finit par le reposer au fond d'une caisse. Le bateau s'approche de la côte. À bord, les hommes discutent. Le vent de terre les entoure déjà. Au loin, on distingue le débarcadère, la grue, et l'atelier derrière. Les portes ont été ouvertes en grand.

Un moment passe. À l'approche du quai, la course du bateau ralentit. Daniel regarde à ses pieds la surface immobile des caisses. Son œil parcourt l'amas de corps inertes. Au milieu, un mouvement presque imperceptible, un petit parasite. Une branchie qui se soulève doucement, puis se range. Et la même bouche qui ânonne encore, comme une prière pour appeler la mort à elle. D'une voix absente, le saumon semble demander pourquoi la vie s'accroche à lui. Mais plus il interroge le silence, plus son corps semble luire et ses tissus reprendre vie, comme si la mort l'abandonnait tout à fait à son sort.

Depuis la mer, on dirait tout juste une ville. Un rivage étendu de maisons blanches qui écarte les bras pour tenter d'attraper ce qu'il peut de l'océan.

Le corps atrophié, à peine ancré à la terre,

Cherbourg convoite l'horizon et la mer de ses deux membres immenses, deux digues de pierre élancées au milieu des flots.

L'une partant de l'ouest de la ville, l'autre de l'est, elles fendent l'eau sur plusieurs kilomètres, comme deux trajectoires perdues. Puis soudain elles obliquent, se dirigent l'une vers l'autre et se rejoignent, quelque part au large, encerclant 1 500 hectares d'eau paisible.

Assis quelque part au bord, Cherbourg veille sur son immense parcelle volée à la mer. Le bourg contemple cette bulle d'eau gigantesque qu'on dit lui appartenir vu que les harnais de pierre ont échoué entre ses mains. Mais les maisons rassemblées ici sont parcourues des frissons de l'immense créature. Elles sentent les pulsations de cette bête qui semble à tout moment pouvoir se détacher de la côte et emmener avec elle ce morceau de rivage si elle le décidait soudain.

Depuis des siècles, les Cherbourgeois ont regardé en spectateurs cet organisme formidable attirer à lui les rêves de puissance et digérer leurs épaves. La rade s'est ouverte à l'ancien et au nouveau monde, aux Français, aux Anglais, aux coups de canon des sloops nordistes et confédérés, aux U-Boots allemands et aux convois américains. Elle a souri à tous ceux qui souhaitaient régner sur la mer et englouti au passage ce qu'elle pouvait, sans faire de différence.

Mais, chaque fois, l'histoire s'en est allée, laissant la rade à son rivage. Les Américains l'abandonnèrent à leur tour, la rendant aux Français au début d'octobre 1945. Et, sous ce nouveau jour, sans les centaines de bateaux qui naviguaient à sa surface, elle apparut soudain incongrue, comme une grande chose inutile dont on ne savait plus quoi faire.

Alors, dans ce quotidien trop étriqué pour elle, la rade s'assoupit en attendant que son heure revienne. Depuis, elle se berce en écoutant la musique sourde et engourdissante que font ensemble toutes les guerres, les batailles et les rêves de gloire qui en tapissent le fond.

*8 mai 2012*

Cherbourg commémore la fin de la guerre. Une petite foule s'est attroupée autour d'un orchestre d'anciens combattants enveloppés de vert, de bleu marine, maculés de rides et de médailles. Le petit ensemble joue sur un rythme lent l'air d'une vieille amitié entre les deux côtés de l'Atlantique. Sur la façade de la mairie, la bannière étoilée, tout juste sortie de l'emballage, flotte aux côtés d'un drapeau tricolore en fin de parcours.

Quelques minutes avant 11 heures, un vieux sous-marin nucléaire entre dans la base navale par le bassin du Homet. Après vingt-deux ans passés à sonder les mers, tapi sous la banquise, *L'Indomptable* retourne chez lui, sans cérémonie. Il traverse le bassin Napoléon-III, vers l'une des cales sèches qui l'ont vu naître.

Il y restera pendant quelques semaines, en

attendant que son cœur s'arrête, qu'il épuise ce qui lui reste de dioxyde d'uranium et de liaisons subatomiques à exploser. Il attendra ici que les réactions s'éteignent d'elles-mêmes et que l'énergie des derniers noyaux se dissipe. Alors seulement, on attaquera l'acier du compartiment central, l'ouvrant à l'air pour la première fois depuis vingt ans. On expurgera l'eau refroidie de la cuve primaire, puis les crayons d'uranium irradiés qui l'emplissaient de lumière bleue sous l'effet de la fission.

Une fois la cuve vidée de son eau et de son combustible, le réacteur réapparaîtra tel qu'il fut livré autrefois. On y retrouvera chaque pièce, numérotée et assemblée, chacune exactement à sa place, comme si rien n'avait changé. Rien de différent sinon la radioactivité, partout, invisible, infestant le métal jusqu'au plus profond. Pendant un an, les ouvriers de l'Arsenal travailleront à en confiner les rayons, à la maintenir recluse dans le compartiment réacteur. Pendant un an, ils isoleront le cœur atomique du reste du sous-marin, obturant chaque conduit, bouchant chaque vanne, soudant l'ensemble des ouvertures pour le rendre absolument hermétique à l'air et à l'eau.

Puis ils découperont la coque, incisant le navire de part en part pour en soustraire la tranche réacteur. Les deux parties restantes s'en iront en Inde, raccommodées entre elles sous forme d'un sous-marin nouveau, juste un peu raccourci.

Le cœur refroidi restera à quai, séparé de son corps, ligaturé en tous sens pour que rien ne s'échappe de son enveloppe. On l'entreposera sur une plateforme en béton clair, dans un coin du chantier naval, où il attendra plusieurs dizaines d'années que la radioactivité se défasse de ses tissus.

*9 mai*

L'immeuble à l'angle de la rue de l'Argonne et de la rue de Brie tombe sous les dents des engins de démolition. Depuis le matin, plusieurs bâtiments, pour certains gigantesques, ont été dispersés en gravats et poussières.

Peu d'habitants sont venus voir le spectacle. Certains vieux du quartier se sont arrêtés un instant, se rappelant que quelques vies sont passées ici. D'autres sont venus de plus loin, d'anciens locataires relogés ailleurs. Ils sont venus voir ce qui fut autrefois chez eux. Mais ils n'ont rien retrouvé, sinon un amas de débris qui leur inspire un léger dégoût pour ces lieux qu'ils habitèrent un jour, et pour eux-mêmes aussi.

Le quartier des Provinces a été construit après la guerre afin d'y loger les ouvriers du chantier naval et les familles de sous-mariniers. Depuis quarante ans, ces hautes silhouettes dressées sur la colline ont été l'horizon de Cherbourg.

Elles ont disparu en une seule journée. 35 000 m$^3$ de béton et de ferrailles, mis en bennes et transportés par camions vers d'autres destins.

La pente de la colline, libérée de ses anciens jougs, dévale à nouveau sans entrave jusqu'au rivage. Cherbourg a retrouvé un horizon libre, et l'a retrouvé dans la dislocation. Et ces retrouvailles lui réactivent silencieusement le sang.

*19 mai*

Au matin, des marins sont revenus avec une pêche étrange. Quelques blocs de béton qu'ils disent avoir récupérés à l'entrée de la rade. Les hommes soutiennent les avoir vus flotter par dizaines au milieu du chenal. Certains font la longueur d'un bras. Il y en a peut-être des plus grands encore, disent-ils.

Un navire a été heurté violemment, et envoyé par le fond en quelques minutes seulement. Un chalutier qui avait détourné sa route pour répondre à l'appel des naufragés les avait alors découverts nageant au milieu d'un champ de solides flottants.

Malgré la brume qui s'étend au fond de la rade, la petite foule rassemblée sur le quai perçoit nettement la ligne ondulante que dessinent les blocs. Au milieu des regards curieux qui scrutent l'étrange paysage, les pêcheurs rapportent les détails de leur rencontre. Ils ont vu flotter des angles entiers de façades, des murs percés de portes et d'autres portant encore le papier peint d'une chambre d'enfant. Certains déposent sur le sol quelques échantillons, et la foule soudain se presse autour de cet archipel de pierres que la mer a libéré de son logement mystérieux.

Des bateaux partent par dizaines. On les voit tourner au loin autour de l'étrange banc. Une embarcation revient, traînant dans son sillage un bloc gigantesque, arrimé par quelques cordages et semblant suivre gauchement l'attraction du navire. On ne peut hisser le rocher sur le quai, alors la foule descend le long de la cale de halage observer de plus près. Les regards étudient la roche, les mains fouillent dans les recoins humides des pierrements, auscultant l'agencement sans conteste humain des briques et du béton.

Depuis ce coin du port, la rumeur se répand sur la ville comme si elle se faisait l'écho d'une nouvelle peste : les immeubles des Provinces flottent là-bas, en milliers de débris.

La foule s'amasse sur le quai haut, tournicote sur elle-même, agitée comme un essaim. Puis soudain elle s'écarte et libère l'espace autour d'un homme qui reste là, seul au milieu des regards. La foule a découvert en son sein un ancien des Provinces. Elle le harangue, le presse d'embarquer sur l'un des bateaux revenus à quai pour qu'il apporte là-bas son regard. Seul face à tous, l'homme semble un instant assommé. Puis il enjambe les barrières métalliques et descend la passerelle qui mène aux embarcations. À sa suite, on escorte déjà une autre silhouette, puis une troisième qui lui emboîte le pas et embarque à son tour par le franc-bord d'un petit chalut de plaisance.

Le petit bateau repart à l'assaut de l'horizon, bientôt poursuivi par d'autres, eux aussi chargés de ces anciens habitants que la foule dépose par grappes entières à l'embarcadère comme des offrandes à la mer. La flottille s'étire désormais en une ligne chaotique qui s'étend de l'entrée du port jusqu'à l'horizon, et dont chacun à terre scrute l'extrémité lointaine, le regard exalté et le cœur plein d'un trouble indéfinissable.

L'apparition de ce cadavre régurgité par la mer transforme en affaire collective un événement passé inaperçu quelques semaines plus tôt. Qui à Cherbourg s'était intéressé à la démolition des Provinces ? Pas grand monde en réalité.

Mais toute la journée, une petite société flottante s'affaire autour de ce champ de pierres comme les centaines d'ouvriers d'une mémoire à laquelle est accordée une seconde chance. Chaque bloc de béton ranime le sentiment d'un manque jusqu'alors négligé. Chaque pierre aperçue ramène à la surface l'espace d'un vide ou d'un souvenir perdu.

Alors, penchés chacun d'un côté de la coque, les habitants fouillent frénétiquement parmi les morceaux. Dans le soir qui tombe, tel lambeau de papier rappelle un dessin familier, tel agencement de briques rallume le souvenir d'une cheminée et d'une chaleur d'autrefois. Tout bloc aperçu devient une promesse à laquelle on veut croire.

*20 mai*

Les premières tentatives d'explication apparaissent le lendemain dans la presse du jour. Certains scientifiques interrogés pointent la composition particulière du béton des Provinces, dont la structure poreuse aurait été altérée par l'eau de mer, créant en son sein une multitude de bulles de gaz. D'autres mettent en doute l'origine des blocs, avançant qu'ils proviendraient non pas d'immeubles mais de la digue elle-même, l'enrochement à la base s'étant partiellement altéré du fait d'un rayonnement inconnu.

Pourtant personne n'accorde une grande attention aux expertises. Non pas qu'elles soient tenues pour fantaisistes. Mais une conviction profonde s'est déjà nouée au-delà du raisonnable. La ville ressent l'étreinte d'un nœud sourd qui la serre lentement à la gorge. Dans l'air se diffuse le parfum d'une culpabilité lourde et partagée.

Chacun croit lire dans le phénomène la marque d'une intention mystérieuse qui aurait libéré ces masses pour qu'elles portent réclamation.

*Semaine du 21 au 27 mai*

Quelques jours passent. Les déclarations officielles se multiplient mais ne chassent pas le malaise. Il s'infiltre partout, dans chaque pli de la vie quotidienne. Parmi la population, une exaspération sourde rend plus urgente cette vérité qui persiste à se refuser.

Dans la presse, le sujet se décale de l'explicable à l'accusable. Les journaux commencent à chercher des responsables à défaut d'autre chose.

*28-29-30 mai*

Une première victime expiatoire est désignée. L'entrepreneur chargé de la démolition est retrouvé, montré du doigt, accusé d'avoir jeté les gravats dans la mer pour en économiser le stockage.

L'homme se défend, réfute les accusations, et apporte d'innombrables preuves à l'appui. Il se bat seul contre un sentiment général de lassitude qui a trouvé sa proie. L'affaire se moque de justice du moment qu'elle tient son dénouement. Le fait qu'il soit lié au maire par une lointaine alliance familiale suffit à emporter l'opinion.

*31 mai*

Le maire de Cherbourg annonce sa démission. L'élu semble par cet acte endosser la charge d'une faute et de dettes obscures. Le sujet s'épuise peu à peu. Les blocs restent à l'entrée de la rade.

*5-6 juin*

Une tempête balaie la ville pendant trois jours. Les blocs sont dispersés aux quatre coins de la rade.

Ils occupent désormais le paysage tout entier. La ligne d'eau est saturée de petits points gris flottant un peu partout, comme à la surface d'un océan lunaire.

*7 juin*

Sur ordre du commandement de la base navale, la rade est dégagée pour permettre la navigation et ouvrir l'accès aux ports civil et militaire. Un par un, les blocs sont tractés par bateau vers l'ouest puis réunis le long de la digue de Querqueville, au niveau du fort de Chavagnac qui garde la porte ouest. Là, un filet en acier les maintient solidement arrimés les uns aux autres. Au milieu des forts et des ouvrages de défense périmés accumulés sur la rade, ils forment une petite île, une excroissance d'un blanc un peu plus clair qui ponctue la longue ligne de rochers gris de la digue ouest.

Au sein de cet immense bric-à-brac inutile et mégalomaniaque, leur béton retrouve une normalité anonyme, si bien que peu à peu, plus personne n'en interroge l'existence.

*Deuxième et troisième semaine de juin*

Quelques éboulements ont lieu sur le petit îlot et en changent imperceptiblement la silhouette. Des barges de levage de la marine apparaissent, emportent quelques blocs, puis s'en vont rapidement. L'îlot semble se stabiliser.

*Dernière semaine de juin*

Les collégiens et lycéens en vacances investissent la digue ouest. Chaque matin, on les retrouve sur l'îlot des blocs où ils installent une vie à eux. Ils descendent le long du quai bas, sur des échelles fichées dans le flanc de la digue. De là, ils sautent à l'eau et nagent quelques dizaines de mètres, traversant le petit détroit qui sépare la digue de l'îlot des bétons flottés.

Le 29, une analyse indépendante de l'ACRO révèle des taux anormalement élevés de tritium dans la baie d'Écalgrain, à l'ouest de Cherbourg, aux abords de l'usine de retraitement des déchets radioactifs de la Hague. Les niveaux sont plus élevés que ceux observés à Fukushima. La presse relaye peu l'information. La ville est déjà en vacances.

*Été 2012*

*Mardi 4 juillet. Deux jours après l'incident*

Frédérique se tient immobile sur le petit pont en fer qui marque le début de la digue de Querqueville. Devant elle, à quelques dizaines de mètres, un cordon policier en barre l'unique accès. La jeune femme observe à distance l'éboulement qui entaille la digue, en face du fort Chavagnac, juste là où se trouvait l'îlot des bétons flottés.

Le socle de la digue s'est désintégré dans la mer. La paroi verticale s'est affaissée sur plusieurs dizaines de mètres et le parement de pierres a disparu, laissant le flanc de la digue à nu, comme si on lui avait retiré la peau. On lui voit l'intérieur, une chair faite de pierres rondes liées par une terre jaune poussiéreuse. Un peu plus loin, un pan du fortin qui garde l'entrée ouest s'est aussi écroulé dans la mer.

Au pied du fort, l'îlot des bétons a disparu. À la place, une espèce de suie recouvre l'eau, une poussière charbonneuse qui reste accrochée aux flots. Des vedettes militaires sillonnent la zone, naviguant à la lumière des phares et des lampes torches dans le jour qui tombe.

Frédérique s'est assise sur un talus. Elle tient dans ses mains un papier blanc imprimé de caractères noirs et à en-tête bleu qu'elle tortille entre ses doigts.

Devant elle, un flot de badauds se presse contre un barrage de police, juste à l'entrée de la digue. On dit que l'îlot des blocs s'est effondré sur lui-même. On parle aussi d'un môme qui aurait vu une fumée entourer la digue, comme une brume de mer que le vent aurait chassée. Et d'une explosion. Mais personne n'a rien entendu.

De toute façon, c'est une vieille digue. On ne l'a pas reprise depuis les Américains. Ça fait longtemps qu'on aurait dû la renforcer.

Au milieu de la foule, un groupe d'adolescents observe le théâtre envolé de leur été. Frédérique les regarde. Une courte sonnerie retentit. De la main droite, elle saisit un portable dans sa poche. Elle lit le message qui vient de s'afficher sur l'écran : *Appelez-moi dès que possible. É. Bollard.*

Frédérique range la lettre dans sa poche puis se lève. À sa vue, l'un des agents du barrage soulève la bande de plastique blanche et rouge qui délimite l'espace interdit au public.

Elle se glisse dessous et s'adresse à lui d'une voix lasse.

— Allez me chercher Armand Edou s'il vous plaît.

L'agent revient, accompagné d'un homme à la démarche lourde, habillé d'un costume gris trop court qui dévoile ses chevilles et ses poignets. Il a dû grossir un peu, se dit-elle.

— Frédérique. Y a quelque chose qui cloche ?

— J'ai l'impression que ça commence à merder. J'ai Bollard sur le dos. Je dois l'appeler. Vous en êtes où ?

— On n'a rien trouvé de particulier. Pas de corps, pas de vêtements. Aucune trace des vélos non plus. Ni sur la digue ni dans l'eau. Les trois ados ont dû repartir sans que le môme ne les voie.

— Et le môme, qu'est-ce qu'il dit justement ? Vous l'avez réinterrogé ?

— Oui. Il maintient sa version. Il dit que les trois ados et leurs vélos étaient encore là-bas quand ça s'est effondré.

— Quand ça a explosé, corrige Frédérique.

— C'est pas tout à fait ce qu'il dit. Il dit qu'il a vu une fumée sur la digue et une sorte d'explosion dans la fumée.

— Et maintenant, il est où ?

— On l'a laissé partir. Il doit aller bosser demain. Il a un boulot chez France Saumon.

— 15 ans. Ça fait jeune pour bosser.

Armand la regarde, l'air de ne pas comprendre.

— C'est juste un job d'été.

Frédérique fait quelques pas. Armand la suit en trottinant.

— Tu sais, Frédérique, le môme est bizarre. Je ne dis pas qu'il ment, mais il a peut-être été choqué. C'est difficile à comprendre. Il parle d'une explosion mais personne n'a rien entendu. Lui-même dit qu'il n'est pas sûr d'avoir entendu un bruit. Il n'y a pas de traces. Il a peut-être mélangé les moments dans sa tête, confondu avec le bruit de la digue qui s'effondrait. Et puis les autres gosses, s'ils avaient été là, on aurait dû les retrouver, depuis deux jours qu'on cherche.

Frédérique fait encore quelques pas, puis se tourne vers lui.

— Viens avec moi, il faut que je te parle.

Ils repassent le barrage. Il n'y a presque plus personne. La foule s'est dissipée. Ils rejoignent la voiture de Frédérique, garée un peu plus loin, juste avant l'entrée de la digue, sur le parking de l'école des Fourriers. Ils ouvrent chacun une portière et s'installent à l'intérieur.

Armand se tourne vers Frédérique. Il attend qu'elle parle en premier.

— Bon, Armand, les militaires, ils font quoi selon toi?

— J'en sais rien. Ils disent qu'ils sont là pour sécuriser l'endroit, mais peut-être qu'ils cherchent quelque chose. Depuis que tu es partie ce matin, ils n'ont fait que tourner autour de la digue.

— Tu les as vus sortir quelque chose de l'eau?

— Non.

— Ils ont peut-être retrouvé les vélos avant qu'on

arrive. Peut-être même un corps. Ils sont arrivés avant tout le monde quand ça a pété hier, pas vrai ?

Armand hausse les épaules. « Ils n'ont peut-être rien trouvé du tout. »

Frédérique sort la lettre de sa poche et la dépose devant elle, sur le tableau de bord en plastique dur.

— Je reviens de chez eux. Leur labo est en train de classifier toutes les pièces, notamment celles qu'on leur a envoyées. Ils refusent de nous donner les résultats d'analyse. L'état-major est en train d'enterrer l'affaire.

Le corps d'Armand se soulève d'un coup puis retombe sur le siège.

— Quoi ? Mais pourquoi ?

— J'en sais rien. Il faut leur demander. Ils ont dû trouver quelque chose qu'on n'a pas. En tout cas, je ne crois pas qu'on invoque le secret défense juste pour trois pauvres pierres qui s'effondrent d'une digue. Il y a autre chose.

Au loin devant la voiture, les vedettes continuent à tourner sur le plan d'eau, phares allumés. Frédérique et Armand observent les faisceaux lumineux et la silhouette sombre des bateaux qui vont et viennent dans le flot calme.

Un moment passe.

— Armand, ta femme, elle travaille toujours à l'Arsenal ?

— Oui. Enfin, elle est au bureau d'études, au chantier du Homet.

— Et qu'est-ce qu'il se dit là-bas ?

— Oh tu sais. Ils ne sont pas dans le secret des dieux. On parle beaucoup de *L'Indomptable*. Le calendrier du chantier de démantèlement déborde déjà. C'est plus compliqué que prévu. On a coupé les crédits de partout. C'est surtout ça qui revient.

Frédérique réfléchit un moment.

— Ils se foutent de nous à l'amirauté. Ils savent très bien ce qui s'est passé sur cette putain de digue. Ils ont trouvé ce qu'ils étaient venus chercher et maintenant ils ferment la boutique.

Elle se tourne vers lui.

— Ça serait bien qu'on sache ce qui se joue ici avant que le quart de cette ville ne l'apprenne avant nous.

Armand la regarde. Il semble désolé. Surtout pour elle.

— J'en sais rien, Frédérique. J'en sais rien.

Frédérique regarde toujours droit devant elle, vers l'extrémité de cette digue dont on ne discerne presque plus le contour. Elle ne dit rien. Armand hésite, cherche quelque chose à raconter, un truc banal. Mais ça ne lui vient pas. Alors il ouvre la portière et sort de la voiture.

Frédérique reste seule. Elle saisit la lettre devant elle et la dépose sur ses genoux. Elle pose son portable sur le papier blanc et compose un numéro. La tonalité d'attente résonne dans l'habitacle, puis une voix d'homme bondit à sa place, sèche, impatiente.

— Vous avez lu la réponse du labo ? Ils classent tout secret défense, c'est ça ?

— Oui, commissaire.

— Mais qu'est-ce qui vous a pris ? Pourquoi vous avez envoyé les pièces de l'enquête aux militaires ?

— Je pensais qu'on pouvait travailler avec eux, être transparents. J'avais besoin d'une scintigraphie. Comme je connais quelqu'un chez eux, j'ai pensé qu'au labo de la base, ils pourraient...

— Eh bien vous avez été tellement transparente que vous leur avez visiblement fourni des arguments pour se passer de nous. Qu'est-ce qu'il y avait dans ces pièces ?

— Un morceau de béton rapporté par le gamin de la digue. Il a dit l'avoir ramassé au moment des faits.

— Rien d'autre ?

— Non. Rien d'autre.

— Visiblement, ils ont trouvé quelque chose en plus qui n'aurait pas dû y être. Je ne sais pas ce que c'est, mais ça les a sérieusement excités. Le commandant de la base fait tout pour fermer le couvercle. Il a déjà saisi la Commission du secret défense pour une classification en Très Secret Diamant. Ils ont invoqué la sûreté nucléaire et, du coup, ça s'agite partout. C'est remonté immédiatement à Paris. Le préfet m'a dit que ça allait être confirmé dans les prochaines heures. On va se faire dégager du site très rapidement.

Frédérique a reposé ses deux coudes sur le volant. Elle appuie doucement sa tête contre ses mains, le visage vers le bas.

— Et l'enquête ? demande-t-elle.

— Je ne sais pas. En tout cas, bientôt, ça ne sera plus notre affaire. Le gamin, vous l'avez vu ? demande Bollard.

— Non, c'est Edou qui l'a interrogé. Il l'a laissé rentrer chez lui.

— Et les militaires ?

— On dirait qu'ils s'en foutent. Peut-être qu'ils ne croient pas à ce qu'il dit.

— Comment vous l'avez dégoté celui-là ?

— Il était là quand les collègues sont arrivés. Il dit qu'il a tout vu. Qu'il était avec les trois ados sur la digue. Il est parti et ça a pété juste après.

— Enfin, pour le moment, il n'y a que dans sa tête que ça a pété. La scientifique ne trouve aucune trace d'explosion. On a rien. Les autres ados, c'était qui ?

— Deux filles et un garçon.

— Et aucun signalement de disparition depuis deux jours ?

— Personne.

— Et les identités des mômes, il les connaît ?

— Il dit qu'il ne connaissait que le garçon, pas les filles. Le garçon s'appellerait Paul Bilebart. J'ai appelé sa mère, elle va venir me voir ce soir.

— Et qu'est-ce qu'elle raconte ?

— Que son fils est en ce moment chez ses grands-parents dans les Pyrénées. Elle ne comprend pas très bien ce qu'il viendrait faire dans cette histoire.

Bollard laisse courir un silence.

— Bon, inspecteur, essayez de faire bosser vos gars encore un peu, on ne sait jamais. Mais sans corps et sans disparition, je vais avoir du mal à prolonger l'enquête. J'ai le préfet sur le dos depuis hier pour qu'on quitte les lieux et qu'on laisse la place aux militaires. Je ne vais pas pouvoir lever le secret défense juste parce qu'on a un gosse affabulateur qui déclare des morts un peu partout et des explosions que personne ne voit.

— Oui, je sais.

— Vous interrogez la mère et puis vous dites à Edou de faire remonter le dossier au préfet pour qu'il le communique à l'amirauté.

— Quoi ? On leur envoie tout ? Alors qu'ils nous marchent dessus depuis le début ?

— Évidemment qu'ils se foutent de nous !

Bollard a dit ça presque en hurlant. Puis sa voix retombe.

— Ils sont jusqu'au cou dans une merde qui sent beaucoup l'atome. On n'a trouvé personne dedans, alors on leur laisse. Faut savoir garder le nez dans son assiette. Surtout ici.

Bollard a raccroché. Frédérique reste immobile un moment. Elle regarde la réponse du labo de la marine, le papier plié, l'en-tête bleu et l'encre marine. Armand toque à la fenêtre.

— Tu rentres en ville ?

— Oui, vas-y, monte.

Frédérique entrouvre la fenêtre et allume une cigarette. Puis elle démarre la voiture qui s'engage sur la route de la côte.

Le soleil a depuis longtemps disparu, juste dans l'axe de la porte ouest. On ne voit plus la digue, mangée elle aussi par l'obscurité.

Le téléphone sonne. Frédérique décroche d'un doigt. Une voix résonne dans l'habitacle.

— Allô inspecteur. Ici Élise Marchandise, du Laboratoire d'analyse et de sécurité de la marine. Je vous appelle concernant l'analyse de pièces que vous avez remises à nos services.

— Oui?

— M. Perard, notre directeur, est désolé mais nous ne pourrons pas vous communiquer les résultats.

— Oui, je le sais déjà, merci. J'ai votre lettre.

— Peut-on faire quelque chose pour vous?

Armand lui jette un regard amusé. Frédérique se raidit un peu.

— Non ça ira, merci. Vous en avez fait assez je crois.

Puis elle tape sur le volant avec le plat de sa main droite. Ça fait comme un claquement perdu dans le plastique. La voix reprend.

— Étant donné le préjudice assez important que cela vous occasionne, le directeur m'a demandé de vous appeler pour voir s'il était possible de trouver un arrangement entre nous.

Frédérique éteint précipitamment le haut-parleur, décroche le téléphone et le colle à son oreille. La voiture fait une légère embardée sur le côté. Armand la regarde, intrigué.

— Je suis un peu occupée, là... On en reparle plus tard si vous le voulez bien.

— Il pourrait notamment consentir à mettre à votre disposition l'un de ses agents pour dîner ce soir, voire plus si nécessaire. Le laboratoire tient vraiment à vous dédommager, vous comprenez ?

Frédérique arrête la voiture sur le bas-côté et sort du véhicule, le téléphone à l'oreille.

— Bon, Élise, je ne sais pas si c'est ta manière de t'excuser mais c'est vraiment chiant, là.

— Oh inspecteur, j'ai l'impression que vous m'en voulez.

— Pas du tout. Je demande un coup de main à ma copine, et j'apprends qu'elle envoie mes échantillons d'analyse à la Commission du secret défense avec une étiquette « sûreté nucléaire » dans le dos. Mon enquête est enterrée. Tout va bien. Je viens d'avoir Bollard. Il m'a demandé pourquoi j'avais envoyé ces pièces au LASEM. Je lui ai dit que je voulais être transparente avec les militaires. Moi, transparente avec les militaires. La blague !

— Je ne pouvais pas deviner que ton bambin sortirait de ses poches une pierre radioactive. Je ne suis pas seule à faire les analyses. Dès qu'il y a une trace de rayonnement, on doit faire remonter à l'amirauté, c'est la règle. C'est comme ça. Si je ne l'avais pas fait, j'aurais été mise à pied. Je t'avais prévenue. On peut aller plus vite que votre labo de PJ, mais il y a tout de même quelques contraintes.

— Putain. Vous nous emmerdez avec vos vieux tacots atomiques qui dégueulent leur radioactivité partout, et maintenant vous entravez les enquêtes judiciaires pour couvrir vos conneries. Je me demande bien ce que ta bande de dégénérés à galons a bien pu encore inventer pour réussir à défoncer la moitié d'une digue.

— Et pourquoi tu crois que ça vient de chez nous ?

— Parce que vous essayez de tout planquer.

— Visiblement, on n'y est pour rien dans cette histoire.

— Ah bon ? D'où tu tiens ça ? Tu as intégré l'état-major ?

— Non, je suis trop diplômée pour ça. J'ai juste entendu dire.

— Bon alors rappelle-moi quand tu seras accréditée secret défense. En attendant, si on se voit ce soir, je dis bien « si on se voit », on parle d'autre chose.

*Mercredi 5 juillet. Soir*

*Commissariat de Cherbourg-Octeville – Entretien avec la mère*

Le commissariat central de Cherbourg est un bâtiment bleu et jaune, aux fenêtres rectangulaires répétées, une construction longue et basse des années soixante dont l'arrière borde le bassin du Commerce. Il a été implanté ici, dans la ville neuve, un peu plus loin du centre, au début de la rue du Val-de-Saire et de ses maisons basses. À l'angle que fait le bâtiment avec l'avenue Reibell, un grand terrain presque vide sert de parking. Les places réservées ont été marquées à la peinture blanche : SD, BSU, BLPF, UPA, UTAE.

Une berline s'avance puis s'arrête entre deux voitures. Frédérique et Armand en sortent et marchent ensemble quelques mètres, jusqu'à l'accès arrière du commissariat. Armand y pénètre seul, par une petite porte en métal gris. Frédérique longe la façade arrière du bâtiment jusqu'au bassin du Commerce. De l'autre côté de l'étendue d'eau, elle perçoit la ligne des toits d'ardoise, encore plus noire que le ciel presque éteint, et par-dessous les lumières qui éclairent l'intérieur des immeubles du centre-ville.

Elle remonte lentement le long du commissariat jusqu'à la rue du Val-de-Saire puis s'arrête quelques mètres avant l'entrée réservée au public qui n'est rien d'autre qu'un tout petit hall où un policier est parfois en faction. Les bons jours. Le reste du temps, comme aujourd'hui, il n'y a personne.

Frédérique s'appuie contre la grille et allume une cigarette. Devant elle, la rue est vide. Un vent doux balaye l'espace désert. Les néons blancs du Sultan éclairent le trottoir le long de la vitrine. À l'intérieur, elle aperçoit la silhouette de deux ou trois clients et, au-dessus de leur tête, la lumière bleue d'un écran de télévision.

Elle se demande si la mère du môme va se présenter. Au téléphone, elle avait l'air de s'en foutre. Ni préoccupée ni vraiment étonnée qu'un policier l'appelle pour lui dire qu'on avait cru son fils emporté dans l'effondrement d'une digue. Elle n'a rien dit, simplement qu'elle passerait après ses courses.

Frédérique pense à cette ville, à l'inimaginable qui débarque parfois d'on ne sait où, et puis rien. Les Cherbourgeois pourraient voir la mer se vider devant eux, ils continueraient quand même leur chemin et iraient s'arrêter un peu plus loin, devant un étal de kiwis en promotion, parce que ça, c'est vraiment incroyable.

Elle repense à la mère du môme, à Bollard qui va enterrer l'affaire parce qu'on lui demande de le faire. Elle pense à la digue éventrée, aux blocs qui doivent être quelque part sous la surface, et à cette poussière qui recouvre tout comme le silence qui tombe sur l'eau. Et toutes ces personnes qui s'en foutent parce qu'elles ne sont pas obligées de s'y intéresser.

Le secret est partout. On fait avec, depuis longtemps. On sait qu'il est là, à peine caché, occupé à œuvrer ici ou là. On appelle ça le secret nucléaire, ou plutôt le secret défense, comme si l'uniforme le rendait un peu plus présentable. La ville s'endort avec lui puis le retrouve au matin, déjà à ses petites affaires. Elle le laisse s'infiltrer partout, dans chaque jointure de son quotidien. Et puis, quand ça déborde un peu trop, quand viennent les bobards officiels, elle laisse dire. Comme la bonne épouse acquiesce aux explications du mari volage. Sans trop y croire. Juste parce que la vérité, c'est parfois trop d'emmerdes.

Frédérique lève les yeux. Au bout de l'avenue, une silhouette avance. Elle marche lentement, additionnant un à un des petits pas attentifs. Puis elle s'arrête, régulièrement, pour regarder le numéro des immeubles. Elle passe devant le Sultan puis traverse prudemment la route, jusqu'à l'angle du commissariat. Frédérique la regarde s'approcher.

Vue de près, la femme paraît moins vieille. Elle a 45 ans, peut-être moins. De loin, on aurait dit qu'elle marchait comme si toute sa vie était déjà derrière elle.

La femme arrive à la porte principale. Frédérique jette sa cigarette, lâche une dernière bouffée, et l'apostrophe.

— Madame Bilebart ?

La femme se tourne vers elle.

— Je suis Frédérique Pierre, inspecteur à la sûreté départementale. C'est moi qui ai demandé à vous voir.

La femme hésite à entrer puis finalement recule d'un pas pour laisser passer Frédérique.

— Eh bien, je vous suis, inspecteur.

Puis elle rit d'un rire intimidé, comme s'il y avait quelque chose d'un peu étonnant à prononcer ce mot dans une vie réelle. *Inspecteur*.

Frédérique la précède de quelques pas dans le hall désert. La femme la suit sans traîner, mais son regard se dépose partout, sur les murs punaisés de prospectus et d'avis de recherche.

Dans son bureau, Frédérique lui offre une chaise, puis s'assoit face à elle. La femme reste là, silencieuse, les yeux fixés sur une carte administrative du département de la Manche.

Frédérique croit connaître ce silence. Certaines personnes s'imaginent mal qu'on puisse sortir d'ici autrement que les menottes aux poignets. Du coup, même quand elles viennent en tant que simples témoins, elles attendent, interdites et muettes, comme si parler du temps qu'il fait pouvait les compromettre.

— Madame Bilebart ?

La femme lève les yeux vers elle.

— Vous savez pourquoi j'ai demandé à vous voir.

La femme se fige un instant, puis répond posément, sans précipitation, articulant chaque mot d'une voix calme et sans relief.

— Oui, je crois. Vous me l'avez expliqué au téléphone. Mais je ne sais pas quoi vous dire de plus.

Il y a chez elle quelque chose d'approchant l'accablement physique, une fatigue diffuse. Frédérique le remarque. Elle l'observe un instant. La femme est ramassée sur elle-même, les épaules jetées en avant, tout entière voûtée comme si elle protégeait quelque chose dans le creux de son manteau, dans l'espace logé entre sa poitrine et ses cuisses.

— Je vais vous rappeler les faits, et j'aurais besoin de votre version, car elle peut contredire celle d'un témoin entendu par l'enquête.

Frédérique marque une pause, la regarde et ajoute :

— Si vous êtes d'accord.

La femme répond oui, du bout des lèvres.

— Vous le savez, la digue de Querqueville s'est en partie effondrée pour une raison inconnue, le 2 juillet au matin. L'incident s'est produit un peu en amont de la porte ouest. Nous n'avons pour l'instant rassemblé aucune preuve qui pourrait laisser penser que des personnes aient été présentes sur les lieux au moment des faits. Néanmoins, un garçon de 15 ans dit avoir vu un groupe de trois adolescents, précisément à cet endroit. Il dit aussi avoir vu une fumée, et quelque chose ressemblant à une explosion. Parmi les adolescents, il a cité le nom de votre fils Paul, qu'il pense avoir identifié.

Frédérique se tait. Il lui semble que l'attention de la femme a peu à peu dérivé. Elle n'a pas vraiment écouté quand Frédérique a mentionné son fils. Son esprit s'est déplacé ailleurs et ses yeux se sont posés sur un horizon vague. Frédérique la rappelle à elle.

— Madame, avez-vous des raisons de croire que votre fils se trouvait sur la digue ?
— Non, c'est impossible. Paul est avec ses grands-parents.

Sa voix résonne faiblement, lointaine et machinale, comme si elle répétait ce que lui dictait un esprit distant. Les mots arrivent un à un, à peine audibles, chaque fois séparés par un silence un peu trop long.

— Excusez-moi d'insister madame Bilebart, mais en avez-vous la certitude ? Avez-vous eu récemment des nouvelles de votre fils ?
— Non. Mais je n'ai pas à m'inquiéter. Je vous l'ai dit, il est avec mes parents.
— Dans les Pyrénées ?
— Oui.

— Connaissez-vous Jérémy Brenet, le jeune témoin qui dit être un camarade de votre fils ?

La femme marque un silence prolongé – comme si elle cherchait un souvenir, quelque part.

— Oui, je le connais, dit-elle d'une voix éteinte.

— Comment le connaissez-vous ?

— Je ne sais pas, comme ça. Il est du quartier, ajoute-t-elle d'une voix presque muette.

Chaque question emporte quelques mots qui retombent sans vie sur le bureau entre elles. Quelqu'un pourrait venir les rassembler du plat de sa main et les ramasser comme on ramasse des miettes sur une table.

— Avez-vous une idée de ce qui a pu amener Jérémy Brenet à penser que votre fils Paul était sur la digue ?

— Non, je n'en sais rien.

Frédérique se tait. Elle regarde la femme qui ne bouge plus. Est-elle vraiment là ? Son corps immobile est tassé sur lui-même, abandonné sur cette chaise. Seuls les yeux dansent, sautant d'un mur à l'autre, fuyant l'un après l'autre le bureau, la lampe, l'armoire.

Frédérique les attrape un instant et perçoit soudain ce qui s'y trouve. La gêne, partout, et derrière, une distance ancienne, ancrée, inéluctable, ne donnant rien à voir sauf la crainte d'être capturée par le lieu et l'instant.

Puis le regard s'échappe à nouveau, fuyant vers la fenêtre et le ciel au-delà.

Frédérique hésite.

— Madame, vous travaillez à l'Arsenal, c'est bien cela ?

— Oui, j'ai longtemps travaillé à l'atelier d'optique. Mais ça fait six ans que j'ai été mutée aux achats. J'étais trop fatiguée.

— Aux achats ?

La femme opine de la tête.

Frédérique s'avance un peu, pose les coudes sur le bureau.

— Je peux vous parler franchement ?

— Oui.

— Vous n'avez pas fait l'objet de pressions dernièrement ?

— Non madame, absolument rien de tout cela. Je n'aurais pas pu l'accepter, dit-elle avec plus d'empressement.

L'expression d'une petite révolte a ranimé l'espace d'un instant sa présence ici. Comme si son esprit avait soudain repeuplé cette pièce et empourpré légèrement ses joues. Puis, très vite, le rouge a quitté son visage.

— Madame, sans déclaration de votre part, l'affaire va être classée et je ne pourrai pas donner suite aux investigations. Vous maintenez ne rien vouloir déposer ?

— Oui, tout à fait.

Ces derniers mots sont prononcés dans un soupir. Frédérique voit la femme se relâcher et son corps s'affaisser un peu plus sur lui-même.

— Tenez, lui dit Frédérique en lui tendant une fiche de renseignements. Pouvez-vous me remplir cela ?

La femme saisit un stylo sur le bureau et remplit la fiche sans un mot. Puis elle tend la feuille en retour.

— C'est tout ? demande-t-elle.

Frédérique annote le papier à la main. « Ne souhaite rien déclarer. » Elle lui répond qu'en effet, ce sera tout, et se lève pour la saluer. La femme lui tend la main et la retire délicatement.

Frédérique observe une dernière fois cette silhouette étrange qui s'engage vers la porte. Elle regarde le dos de cette femme à la voix lointaine et aux phrases mortes. Elle n'a vu chez elle qu'une douceur mécanique, prétexte à une distance qui ne se laisse saisir par rien. Et puis peut-être, derrière cela, la présence d'une lointaine souffrance.

Rien en tout cas que de vieux sentiments, des défenses familières. Elle n'a vu aucune blessure qui n'ait déjà été acclimatée, aucune peine qui n'ait déjà été patinée par le temps. Rien de béant, rien qui puisse laisser penser à la trace d'un événement récent. S'il y a des choses à voir, ce sont de vieilles affaires, des histoires qui intéressent les psys, pas les flics.

Cette affaire s'évapore peu à peu. Il n'y a plus rien à chercher, rien à trouver. Pas de corps. Pas de disparus. Pas de plainte. Personne qui souhaite cette enquête. Les présomptions se sont vaporisées, déjà diluées dans le doute permanent qui sature l'air de cette ville. Depuis le début, cette enquête marche comme un poulet sans tête dont on attend la chute. Et maintenant, la seule raison valable qui aurait pu encore la faire tenir debout vient de quitter la pièce avec cette femme étrange.

Frédérique décroche son téléphone. Elle tape sur trois touches, laisse passer un moment.

— Armand ?

— Oui.

— Je te réveille ou quoi ?

— Arrête tes conneries.

Elle sourit, le combiné collé à l'oreille. Elle imagine sa tête en ce moment.

— Tu crois qu'il me faudrait quoi comme bonne raison pour continuer l'enquête ? On pourrait peut-être trouver quelque chose pour la garder ouverte, rien que pour faire chier les militaires.

Armand ne dit rien.

— Allez Armand, donne-moi un truc ! T'es d'ici toi.

— Bollard t'a demandé d'arrêter. Déconne pas. On va se faire emmerder. Il faut que je fasse remonter le dossier ce soir.

Frédérique se redresse sur son siège, puis penche son visage vers la base du téléphone.

— Edou, c'est quoi comme nom, c'est normand ?

Elle sent Armand qui s'exaspère.

— Bon arrête tes conneries, Frédérique. Laisse-moi bosser. Il faut que je rentre voir mes gosses.

— Non mais vraiment, ça m'intéresse. Ça vient d'où ?

— De Bayeux. Mon père est de là-bas.

— Tu me vends du rêve. Bayeux, c'est exotique, quand même.

— On fait ce qu'on peut. Tu me montes le dossier, que je l'envoie ?

Frédérique se jette en arrière.

— Rentre chez toi, je l'enverrai moi-même. J'ai un truc à finir de retranscrire. C'est dommage, je l'aimais bien, ce classeur jaune. Sur mon bureau, ça faisait de la couleur.

*Deux mois après. Jeudi 30 août*

*Entrepôt France Saumon*

Dans l'entrepôt, on prépare déjà les expéditions. Au tri et au nettoyage, tout le monde est prêt. Au pesage aussi. Le long du tapis roulant, quatre employés discutent par groupes de deux en attendant les poissons. Un peu plus loin à l'arrière de la salle, sur une longue table en inox, Jérémy Brenet a disposé une dizaine de caisses en polystyrène qu'il emplit de glace pilée jusqu'à mi-hauteur. Derrière lui, les portes du quai de déchargement ont déjà été ouvertes, laissant apparaître en contrebas les camionnettes frigorifiques qui attendent leur part de la pêche du jour. Dans leurs intérieurs sombres, les chauffeurs fument ou écoutent la radio.

À l'empaquetage, Jérémy en a fini avec la préparation des caisses. Il a déposé au pied de la table les grands sacs qui contiennent le reste de glace qui servira plus tard à recouvrir les poissons. Il aligne maintenant côte à côte des couvercles dont il pose la pile au pied de la table.

Aujourd'hui, c'est son dernier jour. De grosses gouttes de sueur perlent sur son visage encore poupon. Il les ramène vers ses tempes, du revers de la manche. Son corps flotte un peu dans le tablier en plastique épais. On lui a donné celui qui sert aux femmes habituellement, mais il est un peu trop grand quand même.

« Hé Brenet, regarde ! »

Jérémy se retourne. Daniel marche vers lui, tenant à bout de bras la masse lourde d'un saumon qui ballotte doucement.

Le poisson traverse l'espace de l'atelier comme une silhouette en suspension, la peau scintillante et le corps balancé à la cadence des pas. Il avance ainsi, baigné par la lumière des néons, escorté par la masse sombre du pêcheur d'où émergent deux doigts jaunes qui s'enfoncent dans l'une des ouïes et tiennent l'animal en l'air. L'autre branchie bat doucement, se soulevant puis se rangeant le long du corps fuselé.

« Regarde. Je crois que c'est bien la seule fois que t'en verras un passer vivant les portes de l'atelier. Ça fait depuis la première sortie de l'eau qu'il s'agite. C'est un survivant celui-là. »

Jérémy regarde un moment Daniel puis s'approche du saumon qu'il considère sans rien dire. Il observe, à la base de la tête, cette branchie et ces deux doigts qui semblent s'enfoncer toujours plus profondément. L'alliance jaune a presque disparu, comme avalée par la chair mise à nu. Ça doit être inconfortable pour un poisson ce genre de position. Et pourtant il ne bouge pas. On dirait qu'il attend.

La bouche de la bête s'ouvre à intervalles réguliers. Autour d'elle, des moustaches inhabituelles, courtes, fines et innombrables. Un duvet d'adolescent. Puis il y a cet œil fixe, sans mobilité. Un œil asséché, accroché à lui.

Jérémy se retourne. Il saisit un bac au pied du mur, le remplit d'eau, directement au sol, avec le jet qui sert à nettoyer les caisses. Il soulève le bac et le pose sur la table, à l'aplomb du bras de Daniel et du saumon pendu.

— Tiens, mets-le là.

— Comment ça, vivant? demande Daniel, qui agite le poisson au-dessus du bac.

Le saumon oscille à nouveau.

— Oui, là, c'est bien, répond Jérémy.

— Si tu voulais un poisson rouge, fallait me le dire, dit Daniel en rigolant, tandis qu'il dépose le poisson dans l'eau, à la verticale. On est encore un peu loin des fêtes. Je sais pas si le patron va aimer.

Le saumon se tord légèrement au contact de l'eau claire avant de se couler en entier dans le bac. Il se retourne une ou deux fois, cherchant une meilleure position, puis se fige soudain comme s'il entrait en somnolence.

— Je lui demanderai moi-même, dit Jérémy.

— OK, comme tu veux. Faudra que tu le pèses à la fin et que tu l'inscrives à l'inventaire.

Daniel s'éloigne. Au début de la chaîne, le tapis roulant s'est déjà mis en branle. Près de la porte, les premières caisses ont été déchargées et les poissons arrivent à l'éviscération et au rinçage. Jérémy jette un œil au classeur des commandes.

Daniel passe la porte avec une caisse emplie de poissons qu'il pose sur le tapis puis revient vers Jérémy. « Y a pas grand-chose aujourd'hui. Le patron dit que tu peux mettre Opal'marée en queue de commande, on verra pour eux demain. »

En quelques minutes, les caisses s'accumulent à l'emballage. Comme chaque jour, c'est à cet endroit que ça bouchonne. Jérémy doit recouvrir de glace les poissons, refermer les couvercles et sceller les caisses en les entourant d'une lanière thermocollante. Il doit ensuite consulter le cahier de commandes et attribuer à chaque caisse un numéro d'envoi, puis les mettre sur la table d'expédition.

Jérémy saisit le premier sac de glace et vide son contenu sur les caisses devant lui. Il en saisit un autre et le vide également. Les caisses arrivent toujours et commencent à s'entasser jusque dans la pente qui remonte au pesage. Serge le regarde. Il lui reste seulement trois caisses à mettre à la balance et après tout sera passé. Au rinçage, le tapis est déjà arrêté. Là-bas aussi, on regarde du côté de Jérémy.

L'emballage, c'est le test. C'est là qu'on prend le jus. Ils ont tous connu ça. Alors ça les amuse de regarder le môme qui s'agite. Mais ils s'amusent gentiment, car ils savent que de toute façon, il ne peut pas s'en sortir tout seul. Ils iront tous le rejoindre pour l'aider à boucler. Mais ils attendent un peu, ils attendent, des fois qu'il demande. C'est aussi ça le jeu.

Pour l'instant, Jérémy porte les sacs de glace à son épaule, et les vide un à un. Comme cela, sans lever les yeux. Il a l'air énervé, mais il ne l'est pas. Il est dans l'effort.

Ils savent bien que Jérémy demande rarement, et qu'il pourrait tout finir seul si on ne lui disait rien. C'est moins drôle qu'avec d'autres, mais au moins il ne se plaint pas.

« Hé, petit, tu veux un coup de main ? » Jérémy ne dit rien, mais il lève les yeux vers eux, furtivement. Et ça suffit bien à tous. Alors ils s'approchent de lui. Et peu à peu, les premières caisses emballées sont déposées sur la table d'expédition.

Jérémy ne les remercie pas. Il ne les regarde pas. En réalité, il n'est pas là. Il ne pense pas aux caisses qui passent de main en main, à la glace ou aux étiquettes. Il ne pense à rien de tout ça. Il pense à ce bac rempli d'eau qui l'attend au pied du mur, au saumon dedans et à Daniel qui pourrait peut-être le prendre ce soir et le ramener avec lui en voiture. Il pense au bac qu'il posera au milieu du coffre, à l'eau qui s'échappera si Daniel freine trop fort, et au saumon qui restera étendu là, sans baigner dans rien. Il se demande si un pack de bouteilles d'eau minérale suffirait à le remplir, puis se dit que non, il en faudrait deux ou trois. Il se demande si l'épicerie du coin est encore ouverte. Puis il pense à sa maison, à la baignoire qui s'y trouve, et se dit que ça devrait être suffisant pour quelques jours. Il se demande si la pompe à oxygène est toujours dans le garage de son demi-frère et si elle fonctionne encore.

Il pense à l'eau de la baignoire qui va chauffer car c'est l'été. Il croit se rappeler que, dans la rade, la température ne monte jamais au-dessus de 17 °C.

En fait, il ne sait plus. Il ne sait pas comment vit un saumon. Tous ces poissons morts passés entre ses mains ne lui ont rien appris.

Paul est là. Il est revenu, deux mois après, et il l'attend, dans un bac au pied d'un mur. Il est vivant, à nouveau.

Alors, quand Jérémy pense aux centaines de manières qu'il y a pour un saumon de crever, cette idée le terrifie.

*Jeudi 30 août*

*Cherbourg*

« Sperme de merde, infesté de daube radioactive. » Frédérique touche son ventre. Il est un peu gonflé. Du moins elle en a l'impression.

Elle pousse la porte de la clinique et ressort dans la rue. Le mois d'août tire sur la fin. Les passants sont réapparus ici ou là. On les voit discuter aux terrasses des cafés ou arpenter le boulevard dans la lumière du jour qui tombe. Comme une dernière gorgée de vacances qu'on boit mais qui a le goût de la fin.

Frédérique remonte à pied le bassin du Commerce jusqu'au commissariat. Le soir tombe peu à peu, le ciel est déjà rouge. Elle a passé l'après-midi dans cette petite salle éclairée au néon, principalement à attendre que quelqu'un en blouse blanche s'arrête devant elle.

« Quelle idée, une FIV dans cette ville de merde. »

Elle traverse la rue, puis pousse la porte du Sultan. L'intérieur baigne dans une odeur de friture tenace. De l'autre côté du comptoir, Ayshegul sourit en la voyant apparaître.

— Salut Frédérique.

— Salut, répond-elle distraitement. Je me mets là ? demande-t-elle, en montrant une table à l'écart le long de la vitrine.

— Bien sûr, comme tu veux.

Frédérique s'assoit. Elle pose un sac sur la table devant elle et ouvre la fermeture éclair. Les deux pans en tissu souple s'affaissent légèrement et laissent émerger au milieu la pile des dossiers.

Ayshegul arrive avec des couverts et une serviette en papier blanc.

— Comment vas-tu aujourd'hui ? lui demande-t-elle.

— Ça va. Du boulot. Toujours à courir derrière les urgences d'hier.

— Votre boulot, c'est toujours trop, dit Ayshegul d'une voix douce. Je peux t'apporter du café et du poulet si tu veux. C'est ce qu'il te faut aujourd'hui.

Ayshegul s'éloigne. Frédérique ouvre un premier dossier devant elle. Braquage dans un bistrot avenue de Plymouth. Elle relit le procès-verbal établi plus tôt dans la semaine. Arme de poing. Pas de violence. Des mineurs impliqués qui viennent sûrement du quartier des Provinces.

À peine démoli que ça repart, pense-t-elle en rangeant les feuilles éparpillées. Les bonnes vieilles habitudes ont la peau dure. Plus que le béton apparemment.

Depuis que l'antenne de la SD a été intégrée à la BSU, Frédérique ne dépend plus officiellement que de Cherbourg. Officiellement.

La fusion n'était même pas effective que la départementale à Saint-Lô lui avait déjà demandé de faire remonter tous les dossiers sensibles.

Les réorganisations administratives n'enterrent pas les guerres entre services. Elles les aiguillonnent, c'est tout, histoire qu'elles ne s'encroûtent pas.

Ayshegul revient avec une assiette. Du poulet dans un pain souple sans levure. Elle dépose à côté une grande tasse de café, puis repart.

Frédérique ouvre un autre dossier. Un type a montré sa bite à des collégiens. Connu des services de police. L'homme a été poursuivi par les commerçants de la rue de la Bucaille qui ont réussi à le maîtriser et à le plaquer au sol. L'homme se plaint de blessures, notamment au niveau des parties génitales.

Frédérique tourne la page. Elle est vide. Juste une tache minuscule, au milieu. La graisse a avalé la couleur blanche du papier. Elle saisit sa fourchette et en presse les dents contre la chair du poulet. Un liquide gras pailleté de rouge s'écoule entre les fibres.

Elle sent monter en elle un léger haut-le-cœur. Elle approche la tasse, boit une gorgée de café tiède. Le haut-le-cœur se prolonge un peu. Elle repense un instant à la clinique. Elle repense aux injections, aux hormones, à ses nausées incessantes. Elle tente de chasser de son esprit les images et les sensations de cet après-midi. Notamment cette tige de verre dont elle a senti le contact froid entrer en elle puis repartir, avec quelque chose d'elle-même.

Elle touche à nouveau son ventre. Il lui semble toujours gonflé. Elle saisit deux frites et, de l'autre main, attrape un nouveau dossier. Vol avec effraction dans un local du port. Butin indéterminé. Elle parcourt le texte. Son esprit s'emplit d'une nouvelle idée. Elle ne reviendra pas à la clinique. Pas pour le moment. Puis l'idée se referme d'elle-même.

Une heure passe ainsi, pendant laquelle elle finit d'examiner les dossiers un à un. Puis Ayshegul baisse légèrement le rideau de fer sur le haut de la porte ouverte. Frédérique se lève et rapporte au comptoir l'assiette, les couverts et la tasse. Elle embrasse Ayshegul et se glisse dehors sous le rideau métallique.

À demain.

Sa voiture est toujours là, de l'autre côté de la chaussée, sur l'une des places réservées. À l'intérieur, l'air est encore chaud de cette journée d'été. Elle démarre le moteur et s'engage vers le centre. Les rues sont presque vides.

Elle trouve une place juste devant sa porte, au 41 de la rue Guillaume-Fouace. Elle monte rapidement les deux étages et ouvre la porte d'entrée qui grince doucement.

Dans le lit, une couverture ocre recouvre jusqu'aux épaules le corps d'Élise qui lui tourne le dos. Elle sait qu'elle ne dort pas.

Frédérique s'assoit de l'autre côté et glisse ses jambes sous le drap. Le buste relevé, le dos presque droit reposant contre le mur derrière elle, elle attend un moment, puis éteint la lumière.

Dans l'obscurité, la voix d'Élise surgit.

— Alors ?

— Ben toujours pareil. On me bombarde d'hormones, j'encaisse.

— Ils ont redosé le FSH ?

— Oui.

Élise allume la lumière. Elle se relève un peu et se retourne vers Frédérique.

— Et ils t'ont parlé de ton taux d'estradiol ?

— Non mais j'ai pas demandé.

— Frédérique, c'est le plus important. On en avait parlé, tu devais leur demander.

— Écoute, je peux pas être chargée comme un cycliste et raisonner comme un Nobel de médecine. J'en ai marre. Je suis un zombie. Les gens me prennent pour une demeurée tellement je suis crevée.

— Excuse-moi, je suis désolée.

Élise marque un temps, puis sa voix revient, moins pressante.

— Et le recueil d'ovocyte ? Ça s'est passé comment ?

— Comme les dernières fois. Comme ça doit se faire.

Le visage de Frédérique s'est fermé. Elle reste immobile, le dos posé contre le mur blanc.

— Et l'implantation ?

— On dit l'insémination. L'implantation, c'est pour les vaches.

— C'est dans combien de temps ?

— Dans six jours. Ils doivent voir comment ça se passe. J'ai rendez-vous jeudi.

— Tu veux que je vienne ?

— Non, tu ne peux pas venir. Officiellement, le père c'est Franck. Et puis de toute façon, je préfère être seule. On en a parlé.

— Oui, je sais.

Élise se tait. Au début, elle pensait que ça passerait. Les silences, l'agressivité. Elle se disait que c'était l'angoisse, la peur que ça ne fonctionne pas, ou le relent aigre des mauvais souvenirs quand ils remontent à la surface. Que ça s'écoulerait, que ça se viderait comme une poche d'eau. Mais ça ne s'est pas du tout écoulé. Ça s'est plutôt incrusté. Et maintenant, Frédérique ne parle presque plus. Ni de ça, ni de rien d'autre.

Alors que faire, sinon contourner, chercher d'autres choses à se dire. Elle emprunte des détours, suit les chemins sur lesquels Frédérique court, comme un jogger compulsif. Pour rester avec elle, Élise s'est mise à la suivre dans ses histoires de flics, des histoires souvent minables, qu'elles parcourent ensemble avant d'être essoufflées. Et quand ça ne dure pas assez, elles peuvent toujours retourner aux histoires passées, celles qui ont encore à donner. Elles les agitent ou jettent un truc dedans pour que ça les ranime un peu. Comme un comprimé effervescent dans une vieille eau, pour voir ce que ça donne. Il y a toujours la digue, cette histoire suspendue, jamais vraiment commencée, jamais vraiment clôturée.

Alors, comme elle a quelque chose à jeter, Élise le jette là, au milieu, pour voir si ça mord. C'est tellement sombre là-dedans qu'elle se dit que ça ne mange pas de pain.

— Il se passe pas mal de choses au labo en ce moment. Certainement encore à cause de la digue.

Frédérique la regarde. Elle repense au dossier de l'enquête, rangé sur une étagère derrière son bureau. Il y est toujours, depuis deux mois qu'elle aurait dû l'envoyer.

Elle se tourne vers Élise.

— Je croyais que c'était secret défense ? Ça l'est plus ?

Élise force un sourire.

— Si. Évidemment. Il y a plein de données auxquelles on a toujours pas accès, tant que le classement n'est pas levé. On enregistre les mesures brutes, mais on ne peut pas les traiter.

— Et donc ?

— Ce matin, sans qu'on sache pourquoi, l'amirauté nous a dit de faire remonter toutes les dernières mesures. En attendant, tout est suspendu.

On n'a plus accès à aucune donnée actualisée. On ne peut plus bosser sur rien. Perard est furieux.

Frédérique regarde Élise plus intensément.

— Et pourquoi ça aurait un rapport avec la digue ?

— Parce qu'un peu plus tard dans la matinée, comme par hasard, le résultat des analyses qu'on avait faites à l'époque de la digue a fuité. Dont celles qui concernaient la pièce de béton qu'avait ramenée ton môme. Ça fait deux mois qu'à part Perard, personne ne connaît le résultat. Et depuis ce matin, pouf, tout le monde est au courant.

— Au courant de quoi ?

— De tout. Des résultats de la datation notamment. On avait trouvé des lichens morts à la surface du béton. Minuscules. On les avait datés au carbone 14.

— Et alors ?

— Un truc de dingue.

— De quel genre ?

Élise remonte la couverture sur ses jambes. « Du genre énorme. » Elle sourit.

— Les lichens présentent des proportions très faibles de carbone 14. Autrement dit, ils ont autour de 12 500 ans.

Frédérique se jette en avant.

— Tu te fous de moi ? Comment c'est possible ? Vous êtes sûrs de ça ?

— Oui, on a les mesures de concentration. Quand on date un corps, on recherche le carbone 14 dans les tissus. Moins il y a de carbone 14, plus le corps est vieux. C'est naturel. Comme le carbone 14 est instable, il se dégrade tout seul, à une vitesse donnée. Il devient de l'azote. Donc un corps qui ne respire plus a obligatoirement un taux de carbone 14 qui baisse, puisque son stock se dégrade et ne se renouvelle plus avec l'air respiré. Ça donne une indication a priori certaine de l'âge du corps.

Frédérique la regarde.

— A priori ?

— Dans un cas comme celui-là où la teneur paraît anormalement basse, on peut faire d'autres hypothèses. Par exemple, que la dégradation du carbone 14 ait été accélérée par des causes extérieures.

— De quel genre ?

— Quelque chose qui aurait accentué son instabilité, qui l'aurait dégradé à une vitesse bien plus rapide qu'habituellement. Quelque chose comme un rayonnement. C'est d'ailleurs ce qu'on s'est dit entre nous au labo : l'état-major a peut-être tout bloqué car il soupçonne qu'un rayonnement très important a eu lieu plus ou moins au même moment que l'explosion de la digue.

— Vu le nombre de machines radioactives qui se baladent dans cette rade, c'est pas difficile d'imaginer qu'elles ont pu rayonner ici ou là.

Élise secoue la tête.

— Sauf qu'il faudrait une sacrée quantité d'énergie pour que ce soit le cas. Et un sous-marin en fonctionnement normal ne pourrait jamais envoyer une telle quantité d'ondes sans que l'équipage ne se liquéfie sur place. Si ça avait été le cas, on n'aurait retrouvé que les pompons et les chaussettes.

Élise réfléchit un instant.

— C'est le problème de cette hypothèse. Un rayonnement aussi fort, ça ne passe pas inaperçu. Et nous n'avons pas de trace d'une telle radioactivité dans l'environnement, pas de marqueur.

Elle s'arrête un moment, soupire légèrement.

— À ceci près que nous avons dû arrêter une partie des mesures pendant quelques jours, pour le démantèlement du réacteur de *L'Indomptable*. Ce qui pourrait expliquer qu'on ait rien vu passer.

— Vous arrêtez les mesures quand un sous-marin est démantelé ?

— Pour les phases critiques, oui. Quand on démonte le cœur et qu'on sort le combustible. Ça évite les mauvaises surprises. Et puis le signal radioactif est de toute manière trop brouillé.

— Ça fait rêver...

— De toute façon, j'y crois pas. Un sous-marin, qu'il soit en fonctionnement ou pas, est quasiment incapable d'émettre vers l'extérieur une telle quantité de rayonnement. Le compartiment réacteur est hermétique, et doublé à l'intérieur par un bouclier à neutrons. Il aurait vraiment fallu qu'il soit ouvert, la coque béante, collée à la digue, et que le cœur du réacteur s'emballe. Et dans ce cas-là, crois-moi, on ne serait pas là pour en parler.

Frédérique réfléchit un moment.

— Si les sous-marins n'y sont pour rien, alors pourquoi tes amis de l'amirauté se sont-ils acharnés à tout verrouiller ?

— Je ne sais pas. Je pense qu'il leur manque

l'explication. L'émergence des blocs, l'implosion de l'îlot, les aberrations de datation : tout est apparemment lié mais rien ne fait sens. Ils sont face à un mystère. Alors ils ont fait l'hypothèse qu'un rayonnement d'origine inconnue a eu lieu pendant les deux-trois jours où les mesures ont été suspendues, puis ils ont tout classifié. C'est ce qu'on fait quand on ne comprend pas. On enterre tout avant que ce soit quelqu'un d'autre qui trouve la bonne explication à notre place.

Frédérique sourit, la regarde en travers.

— Toi, tu as une autre explication, pas vrai?

Élise sourit.

— Peut-être.

— Bon ben vas-y. T'en crèves d'envie.

Élise replie ses genoux vers sa poitrine et les enlace de ses bras.

— Si on écarte l'hypothèse du rayonnement, il n'y a qu'une seule possibilité pour qu'un être vivant ait dans ses tissus une très faible teneur en carbone 14. Il faut qu'il ait vécu loin de l'atmosphère, loin du carbone 14 de l'air. Or ce n'est le cas que pour les êtres vivant dans les très grandes profondeurs. Mais il faudrait expliquer comment ces lichens sont arrivés là. Soit les blocs eux-mêmes ont émergé des abysses, avec les lichens sur le dos. Chose improbable. Soit les lichens ont été apportés ici en très grande quantité par quelque chose d'inconnu qui les a amenés dans la rade et les a déposés à la surface des pierres.

— Et tu trouves ça plausible, toi?

— Plus que plausible. Imaginons que je te greffe des branchies et que je t'envoie vivre sous la mer, disons six mois, le temps que toutes les cellules de ton corps se renouvellent. Je t'assure que tu reviendras à la surface avec la même petite gueule d'adolescente, mais si je donne un de tes cheveux à mes collègues du LASEM, ils te donneront 34 000 ans.

— La Jeanne Calment des profondeurs. 34 000 ans, ça me ferait une sacrée retraite.

— C'est sûr.

— Et une belle ménopause. Avec ça, au moins, je serais tranquille.

Élise se raidit.

— Arrête de déconner avec ça s'il te plaît.

Elle se tait pendant un moment, agacée. Puis elle s'apaise un peu.

Frédérique s'est déjà retournée. Elle lui touche le bras.

— C'est ton corps, Frédérique, mais c'est une décision qu'on a prise ensemble. Elle nous appartient encore, à toutes les deux, non ?

Frédérique ne répond pas. Elle reste immobile. Élise pose la main sur son épaule.

— À quoi tu penses ?

— Aux sous-marins. Aux marins qui se liquéfient et dont on ne retrouve que les chaussettes. À tous les autres qui ont pu se liquéfier ce jour-là.

Élise soupire.

— C’est une image. On ne peut pas disparaître comme ça. Même à Tchernobyl, on a retrouvé les corps. Si tu penses encore aux ados de la digue, c’est impossible. S’ils avaient vraiment été là, ils ne se seraient pas évaporés. Aucun rayonnement ne peut faire ça.

— Je crois que personne ne sait plus ce qui est vraiment possible. Vous encore moins. Vous nagez dans le même flou dans lequel vous avez noyé cette ville.

*Vendredi 31 août*

*Commissariat de Cherbourg*

Frédérique saisit le papier qui vient d'émerger d'une imprimante posée sur le côté de son petit bureau. Devant elle le dossier Bilebart est ouvert. Le compte-rendu de l'entretien avec Francine Bilebart s'étale sur deux feuillets qu'elle a placés en vis-à-vis.

Frédérique dépose la feuille au milieu du dossier ouvert, au-dessus de la reliure centrale.

*Fichier central d'état civil*
*Requérant : Sûreté départementale de la Manche*
*Demande d'extrait d'acte de naissance avec filiation*
*Nom : Paul Bilebart*

*Résultat : 0 document disponible*

Frédérique relit les trois derniers mots. Elle n'en revient pas.

Elle lance sur son ordinateur une recherche par liens de filiation, à partir de l'identité de la mère.

Elle retranscrit une à une les informations qui apparaissent sur la petite fiche, celle que Francine Bilebart avait remplie à l'époque de sa petite écriture fine.

*Nom : Francine Bilebart*
*Nom de jeune fille : Bilebart*
*Date de naissance : 19 mai 1965*
*Lieu de naissance : Isigny-le-Buat (50)*

La page se charge.

*Résultat de la recherche : 1 résultat. Voir les détails*

Frédérique confirme la requête.

*Francine Bilebart*
*Liens vers ascendants : 2*
*Bernadette Bilebart, née Yvetout (voir liste des documents disponibles)*
*Georges Bilebart (voir liste des documents disponibles)*
*Liens vers descendants : 0*

Frédérique se redresse sur son siège.

Rien. Pas de Paul Bilebart. Pas d'enfants. C'est quoi ces conneries ?

Elle saisit le combiné et compose un numéro sur le clavier du téléphone.

— Allô Armand. C'est Frédérique. J'ai une question à te poser.

— Donne-moi trente secondes.

Frédérique attend, les yeux toujours rivés sur l'écran.

Après un moment, la voix d'Armand ressurgit :

— Je t'écoute.

— Je me demandais. Est-ce qu'on peut totalement disparaître des fichiers d'état civil ?

— Je ne comprends pas.

— Si quelqu'un décide de changer d'identité par exemple, est-ce que son identité précédente et ses liens de filiation peuvent être effacés ?

— Non, c'est impossible. Le changement de nom ne fait l'objet que d'une inscription marginale, ajoutée au fichier central.

— Mais les gens qui disparaissent ?

— Ils s'arrangent généralement pour emprunter l'identité de quelqu'un d'autre. Celle d'un mort qu'on n'a pas déclaré, plus souvent encore celle d'un vivant. Avec une simple photocopie d'acte de naissance, tu peux faire beaucoup de choses. Une carte d'identité, un passeport, une vie. Avec un peu d'imagination, tu peux aller loin.

— Et leur ancienne identité ?

— Elle reste dans les fichiers, comme une coquille abandonnée.

— Pour effacer un nom, on s'y prendrait comment ?

— Il faut l'effacer à la fois dans le fichier d'état civil de la commune de naissance et dans le fichier central de l'Intérieur. Il faut mettre beaucoup de monde dans la boucle. Ça me paraît compliqué.

— Et ça n'est jamais arrivé ?

— Pas à ma connaissance.

— Armand, tu peux venir me voir ? Il faut que je te parle.

Frédérique raccroche. Elle repense à l'affaire. Pas de traces. Pas de corps. Pas de mort, pas de vivant non plus. Juste un nom, Paul Bilebart, un nom jeté par un ado, ballotté entre nulle part et quelque part. Une mère qui vient à l'évocation de ce nom, ni inquiète ni éplorée. Et puis, deux mois après, ce même nom, introuvable, et personne derrière.

Difficile de mourir si on n'a jamais existé. Ça semble une évidence. Mais parfois l'évidence ne suffit pas à nous convaincre. C'est comme ça. Même quand on l'a sous les yeux, qu'elle est juste là. Encore faut-il pouvoir y croire.

Armand entre. Frédérique lui fait un signe pour qu'il ferme la porte derrière lui.

— Paul Bilebart n'existe nulle part.

— C'est qui ce type ?

— L'affaire de la digue.

Armand voit le dossier ouvert sur la table.

— Quoi ? Mais c'est fini, Frédérique. Tu dois lâcher l'affaire. T'as toujours pas fait remonter ?

— Les militaires s'en foutent. Le préfet s'en fout. Bollard ne m'a jamais rappelée. Tu crois quoi ? Ils voulaient juste qu'on arrête. Que le dossier soit là ou dans une poubelle à la préfecture, ça ne change pas grand-chose, crois-moi.

Armand se tait, la moue encore sur les lèvres.

— Je viens de m'apercevoir que l'ado disparu n'existe pas, dit-elle.

Armand agite la tête, l'air de ne pas comprendre.

— Jérémy Brenet, le gamin que tu avais interrogé, tu t'en souviens ? Il a déclaré qu'il y avait trois ados sur la digue, dont l'un s'appelait Paul Bilebart.

— Et alors ?

— Il n'y a pas de Paul Bilebart dans les fichiers d'état civil. Nulle part.

Armand réfléchit un instant, la tête entre les mains.

— Mais sa mère, elle est venue te voir ?

— Oui. Et elle m'a dit qu'il était dans les Pyrénées avec ses grands-parents.

— Il a peut-être un autre nom. T'as essayé de rechercher par liens de filiation, à partir de l'identité de la mère ? T'as la trace d'un père éventuel, un mariage ?

— Rien.

— Le témoin, Jérémy Brenet, il a peut-être raconté n'importe quoi.

— Et la mère alors ? Qu'est-ce qu'elle serait venue faire là ? Un môme qui invente l'existence d'un autre, pourquoi pas. Mais pourquoi la mère d'un enfant imaginaire se pointerait devant moi ?

— Peut-être qu'on a enterré l'affaire. Le gamin est mort sur la digue. Il s'est passé quelque chose et la marine a emballé tout ça. Ils ont fait pression sur la mère pour qu'elle se taise. Elle travaille à l'Arsenal, non ?

Frédérique secoue la tête.

— Elle n'avait pas l'air très affectée pour

quelqu'un qui a perdu son fils la veille. Elle avait même l'air de s'en foutre plutôt.

— Peut-être que tu n'as pas vu la vraie Francine Bilebart. T'as regardé sa carte d'identité ?

— Je lui ai rien demandé du tout. Elle n'a pas voulu déposer de main courante et Bollard voulait lâcher l'affaire. J'ai pas fait de zèle.

Frédérique réfléchit un instant. Elle ajoute :

— Ou peut-être que c'est vraiment elle que j'ai vue. Mais que son fils Paul n'est pas mort. Il était là ce jour-là, il a vu quelque chose qu'il n'aurait pas dû voir. Aujourd'hui, il est quelque part ailleurs, sous un autre nom, avec son père. Et son vrai nom a été effacé pour enterrer l'affaire, confirmer l'hypothèse que Jérémy Brenet a affabulé. On lui a donné une identité autre, on lui a proposé une nouvelle vie.

— Et alors, qu'est-ce que tu proposes ? Dénoncer un complot d'État ? Sur la base de quoi ? Tu n'as rien.

Il marque une pause et il ajoute :

— Et ça emmerde qui, si le gamin est quelque part ailleurs, et que ses parents ont touché un gros pactole ?

— Moi ça m'emmerde.

Frédérique réfléchit.

— Cette enquête, je la ferai moi-même.

— Tu réalises que si on te chope à faire une enquête clandestine, ça peut te coûter cher ? En plus, si tu interroges les témoins en dehors d'une procédure officielle, tu les grilleras en cas de réouverture du dossier.

— Eh ben, je ferai ce que je peux. Et puis tant pis si ça merde. Il ressemble à quoi Jérémy Brenet ?

— Je ne sais pas, à n'importe quel môme de 15 ans. Mais enfin, Frédérique, tu déconnes. Tu n'as pas autre chose à foutre ?

Elle touche son ventre.

— Pas vraiment.

Elle montre à Edou le bureau encombré de papiers.

— Comme tu le vois, je branle rien en ce moment.

*Samedi 1er septembre*

*Allée Vivaldi*

Depuis sa voiture, Frédérique observe la maison et ses murs en crépi ocre. Le toit n'a pas été nettoyé depuis longtemps. La couleur grise des ardoises est ponctuée par les taches orange, jaunes et or que font les mousses brûlées par le soleil. Plus loin derrière, elle aperçoit le petit jardin en pente, la haie de thuyas et l'enseigne d'une station-service. Le terme *connect* émerge au-dessus des arbustes, mais on ne lit pas le reste.

Une silhouette de femme apparaît l'espace d'un instant au travers d'une fenêtre. Frédérique la reconnaît.

Un peu plus bas dans la ruelle, une voisine sort d'une maison et descend dans une direction opposée à elle. Frédérique quitte la voiture et la rejoint d'un pas rapide.

— Madame, s'il vous plaît.

La femme se retourne.

— Excusez-moi de vous déranger, je mène une enquête sur les personnes seules.

La femme fait « Ah », comme si ça l'étonnait, puis un pas en arrière.

— C'est pour qui cette enquête ?

Frédérique lui sourit.

— La mairie. Vous habitez le quartier ?

La dame regarde Frédérique, à moitié méfiante, à moitié curieuse. Elle répond « Oui » du bout des lèvres. Puis elle ajoute : « Mais j'ai un mari et deux enfants », comme pour se justifier.

— Connaissez-vous des gens qui vivent seuls ici, ou souffrent de la solitude ?

— Non. Je ne sais pas, répond-elle, évasive. Nous n'habitons pas ici depuis très longtemps. Ça fait quelques mois. On était à Auderville avant.

— J'ai déjà interrogé l'une de vos voisines, Francine Bilebart, qui m'a parlé de sa situation, ment Frédérique.

— Ah oui, Francine. Elle est gentille, dit la femme qui soudain se détend. C'est vrai qu'elle vit seule, ajoute-t-elle. Je n'y avais pas pensé. Mais elle est très discrète sur sa vie, vous savez.

— C'est vrai qu'elle ne parle pas facilement, ajoute Frédérique d'un air entendu. Elle n'a même pas mentionné sa famille...

— Je ne sais pas si elle en a. Je trouve que c'est très triste de vivre seule. Mais Francine n'a pas l'air malheureuse de ça.

— Elle m'a dit qu'elle ne recevait jamais de visite. À part son fils qui vient de temps en temps...

— Son fils ? dit la femme qui semble un peu surprise. On voit parfois un jeune homme qui vient la voir, mais je ne savais pas que c'était son fils.

Frédérique se fige.

— Vous le voyez souvent ? demande-t-elle, trop précipitamment.

La femme la regarde.

— Oh non. Enfin je ne sais pas. On n'est pas toujours à notre fenêtre à regarder !

Frédérique lui sourit d'un air de connivence. La femme fait mine de réfléchir un instant puis ajoute :

— Je l'ai croisé quand nous sommes arrivés. Puis plus tellement. Mais, ce mois-ci, on l'a revu plusieurs fois. Le dimanche, à déjeuner. Il vient avec des paquets.

*Dimanche 2 septembre*

Frédérique a garé sa voiture un peu plus loin dans l'allée, une cinquantaine de mètres au-delà du portail de Francine Bilebart. Il pleut légèrement en cette fin de matinée. Une ondée passe, apportant quelques grosses gouttes qui s'aplatissent une à une sur le pare-brise dans un claquement répété. Puis le silence revient.

Frédérique attend depuis une demi-heure. Elle a abaissé le dossier du siège et reculé l'assise pour étendre ses jambes. Elle regarde son portable. Un SMS reçu. *Rappel automatique. Votre rendez-vous du 3 septembre est confirmé, avec le docteur Erbroum en obstétrique.*

Frédérique se demande de quoi ça peut avoir l'air, maintenant. Peut-être une grosse bulle laiteuse, légèrement jaunie. Elle se rappelle que la scène est microscopique, et l'image mentale de la bulle se trouve alors entourée de noir, comme au travers d'une longue-vue.

Doucement la bulle se met à frémir, parcourue

d'un mouvement intérieur. Sa surface bourgeonne, comme si une autre bulle venue de l'intérieur affleurait soudain à sa surface et tentait de s'en libérer.

Un vélo passe devant Frédérique. Elle voit une carrure fine, le dos d'un adolescent, casqué. Il s'arrête devant la maison de Francine Bilebart, pousse le portail, et le referme derrière lui.

Frédérique attend un moment, puis sort de la voiture. Elle longe la haie qui sépare la rue du jardin de Francine Bilebart. À travers les branches légères, elle observe la maison. Rien d'abord. Puis les silhouettes du jeune homme et de Francine Bilebart apparaissent furtivement, avant de disparaître à nouveau.

La pluie tombe légèrement, puis redouble d'intensité. Quelques rayons de soleil percent, sans jamais suspendre les gouttes. Frédérique retourne s'abriter dans la voiture.

Au bout d'une heure, la porte s'ouvre et l'adolescent réapparaît. Francine Bilebart le suit. Ils échangent quelques mots devant la maison. La pluie s'intensifie brusquement. Le jeune homme s'approche de la femme, l'embrasse trois fois sur les joues, et attrape son vélo posé contre le mur extérieur. Elle essaie de le retenir, peut-être à cause de la pluie. Il met sa capuche sur sa tête déjà trempée puis il rit à l'adresse de la femme, comme si ça n'avait aucune importance. Alors elle se dépêche de l'accompagner jusqu'au portail, qu'elle tient ouvert un instant.

Frédérique allume le moteur et suit à distance le vélo qui s'est engagé rapidement dans la pente. Elle le perd de vue un instant et le retrouve un peu plus loin sur la route côtière. Elle se rapproche et bifurque avec lui en direction d'Urville-Nacqueville.

Au bout d'un moment, le vélo plonge au cœur d'un petit lotissement de maisons récentes, sans barrière ni haie. Frédérique y pénètre à son tour puis ralentit. Devant elle, l'adolescent a mis pied à terre. Il s'est arrêté au début d'une ruelle, devant un portillon en métal.

Elle avance lentement. Par sa fenêtre entrouverte, elle perçoit nettement le cliquetis d'une poignée qu'on actionne et le claquement métallique du portillon qui se ferme.

Le garçon a disparu dans le jardinet. Frédérique s'arrête à hauteur. Elle observe chaque détail de la petite maison, les volets roulants en plastique blanc qui occultent deux fenêtres encadrant la porte d'entrée en bois brut, les quatre chaises et la table en plastique blanc posées sur la petite terrasse en ciment devant la façade. Le jardin n'est séparé de la rue que par un grillage bas, à quelques dizaines de centimètres de sa portière.

Le jeune homme est entré dans la maison sans fermer la porte derrière lui. Frédérique scrute au travers de l'ouverture laissée béante le rectangle obscur dans lequel il a disparu. Puis elle l'entend qui appelle depuis l'intérieur.

— Daniel ?

— Ah, te voilà. On t'attend mon vieux, et on crève de soif.

Cette voix est grave, riante et chaleureuse.

Un homme plus âgé apparaît dans l'encadrement d'une des portes-fenêtres. Il ouvre en grand les deux battants.

— Debout Paul, fin de la sieste.

Paul. Frédérique reste figée à l'évocation de ce nom. Elle s'est sentie frissonner de part en part.

L'homme s'est maintenant tourné vers l'intérieur de la pièce. Frédérique ne voit que son dos. Elle entend sa voix résonner à nouveau.

— Viens par là ! On va lui faire prendre l'air. Il va pas rester à dépérir sous les néons toute sa vie.

Le jeune homme sort à son tour, et vient se planter à côté de lui. Il montre du doigt quelque chose devant eux.

— Tiens. On n'a qu'à le mettre là-dessus.

Les deux silhouettes avancent et se perdent dans la pénombre intérieure. Des bruits d'efforts parviennent à Frédérique, quelques jurons aussi. Elle écarquille les yeux. Elle ne voit rien. Puis soudain quelque chose se dessine, un dos courbé qui émerge lentement à la lumière, progressant à reculons vers l'extérieur comme s'il tirait quelque chose de pesant. Le corps du garçon dépasse progressivement de l'encadrement de la porte. À sa suite apparaît le profil d'un chariot métallique qu'il tire de ses deux bras et sur lequel repose un aquarium imposant. La surface de l'eau est agitée de vagues, que le jeune homme tente d'apaiser en arrêtant régulièrement la course du chariot. La terrasse et le sol de la maison sont de plain-pied mais le passage du seuil de la porte fait s'échapper un peu d'eau hors de l'aquarium.

Sur le chariot, désormais au milieu de la terrasse, un magnifique poisson aux couleurs métalliques flotte à mi-niveau, baigné par l'eau et la lumière du soleil.

Le jeune homme bloque les roues de la desserte, puis s'assoit sur une chaise. L'homme plus âgé débouche par la porte d'entrée avec quelques bouteilles de bière qu'il pose sur la table de la terrasse. Il en tend une au jeune homme et s'assoit :

— Et voilà, Jérémy. Maintenant, c'est le week-end pour tout le monde.

Le jeune homme attrape la bière sans un mot, le visage un peu fermé.

Frédérique le scrute. Le voilà. Le môme de la digue.

Jérémy Brenet.

Au milieu de la terrasse, le saumon flotte dans l'eau claire. Il regarde d'un œil égal le monde autour de lui, le jardinet, la table, les chaises, le portail, et la rue plus loin. Sous le soleil, sa peau brille comme un fuselage d'avion ancien.

*Quelques mois plus tôt. Mercredi 23 mai 2012*

*Chantier de démolition des Provinces*

Les deux adolescents sont là, assis au bord du trou. Jérémy regarde autour de lui. Tout a changé. Les façades qu'il a connues n'existent plus. La ligne des constructions anciennes a disparu, dissoute dans le chantier, les odeurs, le bruit des engins, le goût de la poussière, les yeux qui piquent.

Hier, Jérémy a fêté ses 15 ans. L'été arrive bientôt. Avec Paul, c'est ici qu'ils viennent, le mercredi juste après les cours. Pour voir le chantier. Ils aiment regarder les démolitions, la terre aplanie par les engins et la poussière soulevée qui part en grandes volutes vers la mer. Ils viennent aussi parce que Jérémy a habité ici, quelques années plus tôt.

Le chantier de démolition a déjà laissé place nette pour de nouveaux bâtiments. Mais depuis quelques semaines, des effondrements souterrains ont empêché toute fondation de s'établir durablement. Un peu partout à la surface du chantier, les éboulements se sont multipliés. Comme si la colline se défendait soudain.

Un jour, un engin a été happé par la terre. Sous les chenilles de la machine, une crevasse s'est soudainement ouverte. Les ouvriers ont sorti le conducteur indemne du trou. Il a raconté que le sol s'était dérobé, d'un seul coup.

Le tractopelle est resté là quelques jours. Depuis la rue, on voyait la pelle jaune émerger à la surface du sol. Puis un engin plus gros encore l'a dégagé, une sorte de camion sur lequel était montée une gigantesque grue télescopique. Les ouvriers ont ficelé le tractopelle piégé avec une large sangle doublée de tissu. Puis la grue a soulevé l'ensemble à l'aide d'un crochet. Jérémy et Paul ont suivi l'opération pendant une matinée entière.

Dès qu'on démolissait un immeuble, les éboulements arrivaient, investissant l'une après l'autre les surfaces libérées.

Au bout de quelque temps, des géologues sont venus. Ils ont sondé le sol et provoqué, volontairement ou non, de nouveaux effondrements. La source de l'instabilité a semblé se tarir peu à peu. Les éboulements se sont espacés, comme si la colline retrouvait progressivement un nouvel équilibre.

Dans le jour déclinant, Jérémy et Paul ont traversé le grand chantier jusqu'à l'endroit où se tenait autrefois l'immeuble des Brenet, une barre d'une dizaine d'étages qu'on appelait le « H 100 ». C'est elle qui a été détruite en premier. Avant toutes les autres.

Jérémy était là quand elle est tombée. Sur le chemin, il a tout raconté à Paul. Les charges qui ont explosé tout au long du rez-de-chaussée. Le bâtiment qui s'est effondré sur lui-même, d'abord par le centre puis jusqu'aux deux extrémités.

Ils se tiennent debout devant le rectangle de terre ameublie. Cette trace au sol, c'est tout ce qu'il reste. À l'une des extrémités de la surface mise à nu, un ruban de sécurité délimite l'espace d'un grand trou qui a été causé par un effondrement. Il est si profond qu'il est difficile d'en voir le fond avec la lumière rasante de cette fin d'après-midi.

Ça fait quelque temps qu'il est là. Les ouvriers n'ont même pas pris la peine de le reboucher. On leur a dit d'attendre que ça se calme. Il n'y a de toute manière plus assez de terre disponible pour le faire, et creuser le sol ailleurs pour apporter du remblai générerait de nouveaux éboulements. Alors on laisse les choses ainsi.

En cette fin d'après-midi là, personne ne prête la moindre attention aux adolescents qui se sont assis au bord du grand cratère. Autour d'eux, le bruit des machines a cessé. On aperçoit la masse des ouvriers qui finissent leur service, rassemblés devant l'une des portes du chantier, là où les grilles et la rue se rejoignent. Le flot des hommes qui rentrent chez eux commence à inonder la chaussée dans le soleil descendant.

Paul considère attentivement le trou au bord duquel ils sont assis. Jérémy, lui, regarde son ami, silencieux. Leurs quatre jambes nues pendent côte à côte, les mollets reposant sur la pente abrupte.

Quand Jérémy se met à parler des fourmis, Paul sourit. Depuis qu'on a trouvé une fourmilière, ou quelque chose du genre, au fond d'un trou, les gens ont commencé à accuser les fourmis d'être responsables des effondrements souterrains. Tout le monde s'est mis à raconter cette histoire, chacun à sa manière. Jérémy aussi à la sienne.

— Les fourmis, il y en a plein mais c'est les mêmes. C'est toutes les mêmes. On croit voir plein de vies alors qu'il n'y en a qu'une. Elles ont un genre de père qui vit à travers elles. On ne peut rien faire contre lui. Même si on en tue plein, lui ne pourra jamais mourir. Parce qu'il en restera toujours d'autres, cachées quelque part.

Paul regarde le trou qui s'assombrit à ses pieds.

— Et il est ici, le père des fourmis ?

Jérémy hoche la tête.

Paul attrape une pierre et la jette dans le trou. Elle atterrit au fond sans un bruit.

— Et qu'est-ce qu'il viendrait faire ici ? C'était chez toi. Y a quelque chose à faire pour lui dans ce chantier ?

— Il vient reprendre ce qui lui revient. Et il n'a pas trouvé ce qu'il est venu chercher. Qu'est-ce que tu crois qu'un être aussi puissant fait, quand il ne trouve pas ce qu'il cherche ?

— Je sais pas.

— Il détruit tout. Jusqu'à ce qu'il trouve. Il est incroyablement puissant et incroyablement patient. Il creuse la terre et elle s'effondre.

Paul regarde Jérémy, son visage exalté, le flot des paroles qu'il décharge comme une électrode en surtension. Il l'observe d'un œil moqueur.

Jérémy reprend.

— On ne peut pas savoir ce qu'il cherche. Quelque chose de caché, sous la terre. Quelque chose...

Paul l'interrompt, lève la main et la porte devant le visage de Jérémy comme s'il lui demandait soudain de se taire. « Attends, je crois savoir. »

Puis il plonge ses mains dans la terre et jette la tête en arrière, les yeux clos, comme s'il invoquait une sorte de force tellurique.

Paul attend comme ça un moment puis, soudain, il se met à rire. Il saisit une autre pierre dans sa main droite et la jette dans le trou.

— En fait, t'en sais rien. C'est des conneries, c'est tout. C'est inventé ton histoire de fourmis.

Il jette une autre pierre et rit encore plus.

— Tiens, ça c'est pour toi, le père des fourmis. Vas-y, mange.

Soudain, la main de Jérémy s'abat sur lui, le heurte violemment à l'épaule. Il vacille. Une petite bande de terre qui dessinait le bord du trou s'affaisse sous son poids. Son corps glisse tout entier dans l'obscurité, la peau râpant contre la paroi nue. Il dégringole au fond sans un cri.

Jérémy n'entend rien que le bruit du frottement contre la terre, ce bruit qui noie sa conscience en entier, comme une marée glacée qui s'infiltre partout et contre laquelle il n'y a rien à faire. Il sent son esprit pétrifié par l'onde froide. Puis il regarde sa main encore levée, immobile comme si elle voulait prétendre encore à l'ambiguïté de son geste.

Il appelle au fond du trou noir.

— Paul ? Ça va ?

Il entend des frottements quelques mètres plus bas, et le bruit d'une main qui tape la poussière sur un tissu.

« Oui, ça va. » Puis Paul ne dit plus rien, il se tait pendant un moment, comme s'il tentait de retrouver son souffle.

Sa voix revient à nouveau, montant du trou. « Tu peux trouver une corde ? »

Jérémy se lève et regarde l'espace autour, écarquillant les yeux pour s'orienter dans la nuit tombante. Il erre sur quelques mètres, fouillant le sol du regard, allant ici ou là sans rien trouver. Puis il s'aventure un peu plus loin, vers les cabines en préfabriqué où se changent les ouvriers. Mais déjà, il ne cherche plus vraiment.

Arrivé près des grilles, il se met à courir vers la rue. Quelques instants plus tard, ses pas claquent sur le macadam. Comme avant, quand il venait chez son père et qu'avec les copains, ils jouaient à se poursuivre dans les rues du quartier. Mais il n'y a plus de quartier. La rue est différente et le macadam est tout neuf. Il entend Paul qui l'appelle au loin. Il ne s'arrête pas pour répondre. Il sait qu'il ne reviendra pas.

*Lundi 3 septembre. Dans la matinée*

Frédérique est penchée sur l'automate. Quelque chose tourne à l'intérieur de la machine, dans un bruit de vieille imprimante à ruban, puis, quelques secondes plus tard, les billets sortent devant elle. Elle les saisit et regarde un instant le petit billet bleu dans sa main. C'est vrai qu'ici, les distributeurs vous donnent des billets de 5.

Elle traverse en trottinant la route puis, du quai, remonte la file des camping-cars qui attendent le ferry pour Plymouth. Ils sont serrés les uns derrière les autres, si proches qu'on dirait les wagons d'un immense train de plastique blanc. Et parfois, quand il reste un petit écart entre deux véhicules, les occupants s'y glissent et restent là à discuter des heures, en attendant qu'on ouvre les barrières quelques centaines de mètres plus haut.

Frédérique croise un petit groupe de vieux habillés en couleurs claires, des taches de pastel accrochées à l'épais grillage qui délimite la zone internationale du port. Derrière eux, la surface vide d'un immense parking court jusqu'à une grande boîte de métal posée sur le bitume et sur laquelle on lit, écrit en lettres rouges, *Terminal passager*.

L'un des vieux parle en moulinant des bras. « J'ai qu'à prendre un crédit, qu'il me dit le type. Vous imaginez, un crédit, à 80 balais ? C'est pas croyable. » Les trois autres lèvent les bras à leur tour, l'air d'en convenir.

Frédérique tourne la tête. En face d'elle, un môme remonte le long du quai en sens inverse. Il porte des bottes, une combinaison jaune en caoutchouc qui lui monte jusqu'à la moitié de la poitrine, une casquette noire sur laquelle sont brodées trois lettres blanches, A, F et C. L'eau salée a laissé des traînées blanchâtres sur le tissu sombre.

« Mais puisque c'est possible, on y réfléchit. Ça fait 280 euros par mois. » Le vieux s'est tourné vers la dame à sa droite. Sa femme certainement. Elle le regarde sans rien dire. Les autres hochent la tête silencieusement.

Frédérique marche encore un moment le long de l'eau, jusqu'à cet endroit où le quai s'élargit pour devenir une grande bande bétonnée sur laquelle sont posés des entrepôts en bardage métallique. Cinq ou six bâtiments gris presque identiques, dont les toits plats font sursauter la ligne d'horizon. Au-delà, plus rien, seulement les eaux de la rade et la mer.

Le premier entrepôt est occupé par un chantier de rénovation naval. Les deux grandes portes battantes ont été ouvertes et on voit à l'intérieur, dans l'espace sombre, la foule d'établis et de rangements divers disposés de part et d'autre d'une circulation centrale. L'espace extérieur est encombré de petits voiliers de plaisance posés sur des bers métalliques. Deux hommes en salopette circulent entre les coques. Un autre est debout sur un escabeau, et tient à la main droite une spatule avec laquelle il gratte le flanc en polyester d'un bateau. Il s'est arrêté et regarde Frédérique marcher entre les quilles des voiliers. Sous lui, des centaines de petits fragments de peinture cloquée font sur le sol comme un début de mosaïque.

Le second entrepôt est juste un peu plus loin. Son parking est séparé du premier par un muret bas qu'enjambe Frédérique. Le bâtiment, presque identique au premier, est posé sur un socle de béton d'un mètre de haut environ qui fait comme une coursive surélevée entourant le bâtiment. Un camion blanc est garé, le hayon ouvert collé contre la plateforme. Un homme pousse un Fenwick chargé de caisses blanches jusque dans le camion dont le plancher vient juste à hauteur.

Trois hommes discutent un peu plus loin, au pied d'un escalier. Frédérique s'approche d'eux. Ils ont arrêté de parler et la regardent venir à eux.

— Je suis inspecteur de police. Je viens voir Jérémy Brenet.

— Il travaille plus ici, madame. Il est retourné à l'école.

L'homme qui a parlé lui sourit. Frédérique le

reconnaît. C'est Daniel, l'homme qu'elle a vu avec Jérémy. Les deux autres ricanent.

— À l'école ? demande-t-elle.

— Hé oui ! La rentrée, c'est demain.

Il la regarde en face, d'un air jovial. Les deux autres ne disent rien. Ils sourient en douce, comme des nigauds.

— Ah. Je croyais que c'était plus tard, dit Frédérique.

En fait, elle n'y avait pas pensé du tout, à la rentrée.

Une voiture débouche de l'arrière, puis longe le bâtiment jusqu'à eux. Arrivée presque à leur hauteur, elle klaxonne. Ils sursautent et se retournent tous les quatre. L'homme au volant baisse sa fenêtre en riant, puis il remarque Frédérique et prend un air sérieux. Il bredouille quelque chose qu'ils n'entendent pas avec le bruit du moteur.

Les deux autres saluent Daniel, tendent la main à Frédérique d'un air gauche, et courent vers la voiture. Les portières claquent et la voiture s'en va. Daniel et Frédérique restent là.

— Vous venez pour cette histoire de digue ? demande Daniel.

— Vous êtes au courant ?

— Oui, un peu. Jérémy habitait chez moi dernièrement. Enfin, quand ça lui chantait. C'est dur de savoir ce qu'il va faire.

Il laisse passer un moment puis questionne Frédérique.

— C'est vous qui l'avez interrogé ?
— Non, pas moi. Les collègues.
— Il m'a dit que la police ne le croyait pas.
Daniel la regarde. Il a dit ça sans reproche.
— On essaie de comprendre. C'est pas toujours clair.
— C'est pas un méchant môme, vous savez. C'est juste un môme.
— Ça veut dire quoi, qu'il raconte des histoires ?
Daniel se gratte la tête.
— Je ne sais pas. Je ne me pose pas la question. Pas avec Jérémy.
— Vous avez dû voir les militaires. Ils ont dû venir l'interroger.
Daniel la regarde, sans comprendre.
— Non, je ne crois pas.
— C'est vraiment des cons.
— Vous, quand vous l'ouvrez, ce n'est pas pour ne rien dire.
Frédérique sourit à son tour. Elle soupire.
— Oh si, ça m'arrive.
Elle se recroqueville un peu. Sa voix tranche déjà moins.
Daniel la regarde différemment. Il a cru voir quelque chose en elle. Une chose qui se cache, et qu'il sait reconnaître par instinct. Alors, il plonge ses mains dans l'inattendu de cette rencontre, comme on rend grâce d'une bonne terre qui vous est donnée.
Il lui montre un bâtiment quelques centaines de mètres plus loin, un rectangle vitré posé dans un coin de l'immense parking qui entoure le terminal.

Cinq drapeaux européens. Un panneau. *Le Transmanche*.

— C'est ma pause déjeuner. Vous m'accompagnez ?

Elle hoche la tête.

Ils escaladent un petit talus puis débarquent sur une portion de route engravillonnée dont l'entrée est barrée par deux rochers posés là pour empêcher les voitures d'accéder. Ça ressemble à un aménagement provisoire, mais ça pourrait être là depuis longtemps.

La route s'arrête un peu plus loin, au pied d'un grillage. Juste derrière, on aperçoit l'arrière du bâtiment de la buvette. Quelques poubelles. Des parasols posés contre un mur.

Un pan entier du grillage s'est effondré. Daniel s'y engage, Frédérique le suit.

— C'est pas une zone sécurisée ?

— Si, mais ça permet aux gars qui travaillent sur la zone industrielle de venir manger. Ça fait tourner la boutique. Les gens des camping-cars, ils ne consomment rien, vous savez.

Le vent souffle un peu plus fort vers eux tandis qu'ils font le tour de la bâtisse. Daniel hausse la voix.

— Alors, dites-moi, qu'est-ce que vous lui voulez à Jérémy ?

— J'aimerais le revoir. Il faut que je lui parle.

— De la digue ?

Elle fait oui de la tête.

— Ça vous intéresse vraiment alors.

Elle hésite.

— Mon boulot, c'est d'en savoir le plus possible sur les gens. Parfois, je pose mes questions et puis, quand s'arrête l'enquête, je n'y pense plus. D'autres fois, ça reste là.

Elle pose un doigt sur son front. « Certaines histoires vous marquent, c'est comme ça. »

Daniel voudrait savoir ce qu'elle cherche exactement. Mais il ne demande rien.

— C'est bien. Au moins, vous, ça vous tient à cœur. Parce que les gars de chez vous, ils ne sont pas tous comme ça.

Il sourit puis se remet en marche. Frédérique le rattrape.

— Qu'est-ce qui vous fait dire ça ?

— Des choses que j'entends. Les gens me parlent, à moi aussi. Je ne leur envoie pas de convocation. Je leur donne juste un peu de ça.

Il tape sur son cœur en souriant, et fait un clin d'œil à Frédérique. Ça la fait rire. Les clins d'œil, c'est vraiment un truc de ringard. Elle aime bien ce type.

Ils entrent dans le restaurant. Au bar, trois hommes en tenue de travail. Daniel les salue. Il commande deux demis.

— En tout cas, Jérémy va bien. Il est parfois un peu dingue, il a ses lubies. Mais c'est un gentil dingue. Il a toujours été comme ça. Son père était déjà comme ça.

— Vous connaissez son père ?

— Oui. À l'époque, on bossait ensemble aux chantiers de l'Arsenal, à la DCN. On soudait les tôles. Je suis parti au bout de quelques années, pendant une vague de licenciements. J'ai pris la charrette comme on dit. Trop content de me barrer de cette taule avec des billets en plus. Le père de Jérémy, lui, il est resté là-bas. Il y est resté d'ailleurs.

— Il est mort à l'Arsenal ?

— Non, mais ça aurait pu. Ça aurait dû. Sauf qu'entre-temps, il a croisé un fou furieux dans la rue. Il a eu sa peau avant. Un coup de pas de chance. Enfin si on peut dire. Parce qu'il avait déjà la camarde sur le dos de toute manière.

— Comment ça ?

— Un type dans la rue. Qui l'a charcuté. Un fou qui l'a croisé dans un coin et l'a laissé pour mort dans un parking. Vous pourrez retrouver ça chez vos collègues j'imagine. À ce moment-là, Patrick était déjà malade. Il aurait peut-être tenu dix ou vingt ans. Mais il avait Parkinson déjà bien accroché en lui. Il commençait même à trembler un peu.

L'homme au bar leur apporte deux bières dans des verres en plastique transparent. Daniel les attrape, les colle l'un contre l'autre et les soulève. Ils se dirigent vers la terrasse. Devant la porte battante, des chaises rouges en plastique épais sont disposées autour de tables en bois grisé. Des retraités anglais lèchent des esquimaux en attendant le ferry.

— Il est tombé malade à cause de l'Arsenal ?

— Oui. Évidemment. Depuis le début, tout le

monde savait. On savait tous que c'étaient les solvants. Ça l'a déréglé de A à Z.

Il boit une gorgée.

— Au Homet, on fabrique l'acier des sous-marins. On appelle ça des alliages à haute limite élastique soudable. Ça veut dire qu'ils peuvent se tendre et se détendre sous la pression de l'eau. On mettait les tranches à baigner dans des cuves, et ça fumait. On avait le nez dessus toute la journée, surtout quand on travaillait sur les noirs, les sous-marins d'attaque. Je me souviens qu'il y avait des équipes d'ouvriers allemands qui venaient la nuit pour floquer les coques. Ils étaient dans des combinaisons étanches, comme des astronautes. Nous, le matin, on reprenait le boulot, on venait souder dessus, et on n'avait rien. On était sûrement trop cons pour se poser des questions.

Daniel s'arrête un moment. Frédérique le regarde. Elle ne dit rien.

— C'est par moi qu'il a été en contact avec l'association de reconnaissance des maladies professionnelles. Après avoir quitté l'Arsenal, j'ai un peu fréquenté les gars de chez Greenpeace. Pas vraiment comme militant. Comme sympathisant, je dirais. Je leur donnais des infos, des coups de main parfois. Ils s'intéressaient plus à la COGEMA qu'aux sous-marins nucléaires, mais comme je connaissais aussi des gars à la Hague, je leur racontais des trucs.

Il s'arrête un moment et regarde Frédérique par-dessous :

— Je devrais pas vous dire tout ça, pas vrai ?

Elle rigole.

— Ne vous en faites pas. Les flics et les militaires, on ne s'aime pas trop, vous savez. Et puis le nucléaire, ça n'a jamais été mon truc.

Nouveau clin d'œil.

— On est pareils alors. En tout cas, c'est un gars de chez Greenpeace qui a conseillé à Patrick de prendre la voie judiciaire. Ils se sont rencontrés chez moi, à Omonville, dans la ferme que je retapais à l'époque.

— Et le procès ?

— Il n'a jamais eu lieu du coup. Ça vaut rien d'être mort quand on doit parler à la barre. L'Arsenal s'est trouvé un bon avocat. Un grand coup sur la tête et l'affaire s'est envolée.

— Enfin, ça ne vient pas d'eux quand même ?

— Non, c'était juste une manière de dire. Disons qu'ils y ont trouvé leur compte. Le procès a été stoppé. Les collègues du chantier ont essayé de pousser la famille à continuer. Évidemment, ils regardaient ça en se disant que si ça marchait, et qu'on leur trouvait à eux aussi une pathologie, un truc gentil, ils allaient avoir droit à une retraite anticipée. Mais le magot s'est envolé avec l'oiseau. La nouvelle femme de Patrick ne voulait pas continuer. Personne n'a pris la suite. Personne ne veut être au premier rang dans ces cas-là. Mais tout le monde veut suivre. Ça s'est fini comme ça. Elle n'a rien demandé et elle n'a rien eu, pas un sou pour élever ses gosses. La mère de Jérémy non plus. Elle est restée en plan, avec le gamin. Il n'était pas vieux. 9 ans, vous imaginez ?

— Vous les avez souvent vus ?

— Jérémy et sa mère, oui. Je les ai aidés à la mort de Patrick. J'avais quitté l'Arsenal, mais je bossais sur un chantier naval pour gagner un peu d'argent, à côté de chez eux à Urville-Nacqueville. Je passais les voir parfois après le boulot. Ils venaient à la ferme le week-end de temps en temps. Puis je suis allé bosser chez France Saumon, à la pêcherie. Quand Jérémy a été en âge, je lui ai trouvé un boulot là-bas. Un job d'été pour qu'il fasse un peu de sous. Alors de temps en temps, il vient chez moi, on part ensemble au boulot. Moi j'aime bien. Lui aussi. Avec sa mère, c'est pas toujours le grand amour. L'adolescence, quoi.

Frédérique regarde son verre vide. Elle le prend et le fait tourner un peu en l'air, comme s'il restait dedans un liquide invisible.

— Vous en voulez un autre ?

Frédérique opine.

Daniel finit son demi d'un trait, empile les deux verres vides et les envoie dans une poubelle en plastique. Ils se lèvent et vont au bar commander deux autres bières. Ils s'accoudent l'un à côté de l'autre. Puis Daniel se retourne vers elle.

— Dites-moi, qu'est-ce qu'une flic fait au bar, un lundi midi, à écouter un vieux mec comme moi ? Vous avez rien d'autre à foutre ?

— Pas grand-chose, comme vous pouvez le voir.

— Vous êtes en congés ?

— Plus ou moins.

— Moi, quand je ne bosse pas et que je viens boire un coup, c'est que j'évite de rentrer chez moi.

— Votre femme vous emmerde ?

— Pas depuis notre divorce. Parfois j'aimerais bien.

Une ombre passe sur son visage. Frédérique ressent un peu de peine pour lui.

— On voudrait toujours avoir ce qu'on n'a pas, pas vrai ?

Daniel fait oui de la tête.

— Et vous ? dit-il.

— Moi, ça doit être pareil, je crois.

Daniel fixe le barman qui remplit les verres.

— À un moment, il faut y aller, vous ne croyez pas ?

— Où ça ? demande-t-elle.

Il ne répond pas, laisse passer un silence. Puis il se tourne à nouveau vers elle.

— Vous vous appelez comment, au fait ?

— Frédérique.

— Moi c'est Daniel.

Les bières arrivent. Il en attrape une et la boit d'un trait. Il la repose devant lui.

— Je dois y aller.

Frédérique le regarde.

— Vous ne mangez rien ?

— Deux bières, ça me va très bien. Vous devriez rentrer aussi. Faire les choses dans le bon sens, pas comme moi. Aller affronter la bête que vous avez à affronter.

Encore un clin d'œil, mais cette fois plus humide.

Peut-être la bière cul sec, se dit-elle. Elle ne répond rien, elle lui sourit seulement.

Il attrape un dessous de verre en carton, et écrit quelque chose au dos.

— Appelez-moi, ou passez me voir à la maison. Jérémy est souvent là.

Il se lève, lui touche l'épaule d'un geste bienveillant, puis adresse un salut aux deux hommes qui sont au bar. Sa voix forte résonne dans la salle vide puis, l'instant d'après, les battants de la porte d'entrée font deux ou trois allers-retours avant de s'immobiliser.

Frédérique reste là. Elle pense à Jérémy. Il faut qu'elle le voie, qu'elle lui parle de Paul Bilebart, de Francine aussi. Qu'est-ce qu'ils peuvent bien fabriquer tous les deux ? Beaucoup de choses lui échappent.

Sur le bar devant elle, la lumière bleue de son téléphone s'allume. Un numéro inconnu. Elle décroche, précipitamment.

— Secrétariat du docteur Erbroum. Je vous appelle car je vois que vous ne vous êtes pas présentée à votre rendez-vous de 9 heures.

Frédérique lève les yeux. Merde. Sa réponse tarde un peu à venir.

— Oui, je suis désolée, je n'ai pas pu me libérer.

— Dans ce cas, il faudrait que vous vous présentiez à la clinique demain matin. On dégagera un créneau de secours.

— Non c'est impossible. Je ne peux pas venir. Pas pour le moment.

— Si vous avez un empêchement, je peux vous faire passer en urgence un peu plus tard dans la journée.

— Madame, vous ne comprenez pas. Je ne peux pas venir, ni aujourd'hui, ni demain, ni aucun jour de cette semaine.

La voix reste suspendue un instant.

— Les embryons ne sont pas viables très longtemps. Le docteur Erbroum a dû vous prévenir.

Frédérique s'irrite.

— Oui, en effet, il l'a fait. Et si je ne peux pas venir, ce n'est pas par plaisir.

La voix s'accroche encore.

— Je comprends, mais si vous ne vous présentez pas...

Elle ne finit pas.

— Ils meurent, c'est ça ? Dites-le, puisque c'est de ça que nous parlons.

— Oui, c'est ça, en effet, dit la femme, comme si elle avait un peu de peine.

Frédérique se calme.

— J'ai une enquête en cours. Un sujet compliqué. Je ne peux rien faire pour le moment. Mon mari est au courant et il est d'accord.

La femme se tait un instant.

— Vous travaillez dans la police ?

— Oui, c'est exactement ça, lui dit Frédérique en appuyant ses mots, comme si elle adressait un bon point à un enfant.

— Bon. Je vais prévenir le docteur. Voulez-vous que je vous rappelle pour prendre date pour un nouveau processus ?

— Non, je vous rappellerai quand j'y verrai plus clair. Ça serait dommage que ça arrive une deuxième fois, pas vrai ?

Frédérique ricane légèrement, d'un rire perdu entre l'agacement et la férocité. D'un rire qui vaut pour tout le monde, et surtout pour elle.

*Six ans plus tôt. Juillet 2006*

*Hôpital du Cotentin*

Jérémy attend, au-dehors, juste devant l'entrée de la chambre. Derrière la vitre dépolie, des ombres chinoises. Celle de sa mère, celle du policier qui est venu chez eux un peu plus tôt, et puis celle du médecin de garde.

Il y a une demi-heure, une voiture de police blanche, bleue et rouge s'est arrêtée devant leur porte. L'homme au volant avait appelé sur le téléphone fixe quelques minutes auparavant. Quand la lumière des phares a illuminé les fenêtres, la mère de Jérémy s'est immédiatement levée. Elle a jeté les assiettes encore à moitié pleines dans l'évier. Et puis elle a un peu crié sur Jérémy qui ne se pressait pas. Celui-ci a mis ses chaussures, les yeux encore fixés sur la télé. Le match venait de commencer. Sa mère l'a tiré par la main, sans rien dire, vers l'extérieur.

Dans la voiture, le son du commentaire sportif emplissait l'habitacle. Mais quand ils ont ouvert la portière arrière, le conducteur avait déjà baissé le volume. Seul restait un filet de voix très léger.

Puis, après quelques minutes de route, il a fini par le couper complètement.

Personne ne parlait. Nicole Brenet regardait anxieusement par la fenêtre, puis se tournait parfois vers son fils. Jérémy aurait voulu qu'on remette le commentaire du match mais il n'osait pas le demander. Il voyait dans la glace du rétroviseur les yeux du policier fixés sur la route. Lui aussi aurait voulu écouter le match. Mais la radio était restée éteinte tout le trajet.

Puis la voiture s'est arrêtée quelque part au pied de l'hôpital et tous les trois ont marché ensemble jusqu'à ce couloir éclairé au néon. La mère de Jérémy n'a pas voulu qu'il entre dans la chambre alors ils l'ont laissé ici, devant la porte.

Depuis quelques minutes, il attend là, assis sur un banc, face à la chambre. Il a 9 ans mais il comprend bien. Il voit les allées et venues, le regard de ceux qui sortent, la pitié et la gêne qu'on dépose sur lui. Il sait que dans cette chambre, il y a le cadavre de son père. Il sait que c'est fini. Il voit tout à fait ce que la mort engage. Il sait qu'il ne le reverra plus, et que sa mère ne voudra pas qu'il entre dans la chambre pour voir. À 9 ans, on sait très bien ce que les adultes vont décider pour nous.

Sa belle-mère est là, un peu plus loin dans le couloir. Elle est arrivée avant eux. Elle attend. Devant elle, il y a une poussette dans laquelle dort le plus jeune de ses demi-frères. L'autre assis à côté d'elle pleurniche doucement. Il veut s'en aller. Il regarde vers Jérémy de temps en temps, le visage parcouru de larmes, comme s'il ne le voyait pas. Puis il se remet à tirer sur le bras de sa mère qui attend sans rien dire. « Maman, on y va ? »

Jérémy se demande pourquoi ils ne sont pas ensemble en ce moment, pourquoi il y a quelques mètres entre eux. Il lui semble qu'ils ne sont pas dans la même peine. Ça les écarte, encore un peu plus. Pourtant, il n'a pas vraiment envie de les rejoindre, il préfère rester là où sa mère l'a laissé. Sur son banc.

Sa belle-mère se lève et vient le voir. Il ne bouge pas. Il ne dit rien. Elle reste devant lui un moment, sans un mot, désemparée. Le regard de Jérémy reste ancré au sol. Lui n'a rien à dire. C'est elle l'adulte. À elle de faire.

Elle le saisit par les mains, le met sur ses pieds d'un mouvement brusque. Puis elle l'attire à elle et l'entoure de ses bras.

Jérémy sent les deux poids qui pèsent soudain sur ses épaules. Ses bras à lui ne font pas le tour du corps épais.

Ils restent figés dans cette pose pendant un moment qui lui paraît long. Puis la femme se détache et jette un regard anxieux vers les ombres à l'intérieur de la chambre. Elle se tourne à nouveau vers Jérémy et lui dit au revoir d'une voix éteinte.

C'est la première fois qu'elle le touche. Il la regarde s'en aller par le couloir, suivie de ses demi-frères.

Deux internes débouchent de l'ascenseur un peu plus loin. Ils parlent du match. Ils discutent avec intensité et baissent la voix en voyant l'enfant. Jérémy les a vus arriver. Il comprend. L'équipe de France s'est qualifiée pour la finale de la coupe du monde de football. Pas besoin de le cacher. La ferveur du match déborde sous les portes.

Son père est mort dans un pays au bord de l'extase. Jérémy aussi s'était préparé à cette euphorie. Mais aujourd'hui, il se trouve soudain du mauvais côté de la joie. Il regarde les deux internes et réalise qu'il n'est plus des leurs. Ça lui fait une drôle de tristesse. Son père est mort, juste ce soir, et il lui en veut un peu pour cela.

Une dame apparaît au bout du couloir, une toute petite femme sèche habillée de vert. Elle avance lentement vers Jérémy. Une infirmière la soutient par le bras et vient l'asseoir à côté de lui.

Il ne la regarde pas, elle non plus. Tous les deux restent côte à côte, sur leur banc, comme deux statues de bois contemplant le monde qui s'écoule en face d'eux : le couloir blanc et les gens qui y passent, les infirmières et les internes qui plaisantent ensemble, une société qui s'affaire, l'autre qui se repose un instant avant de repartir. Tous finissent aspirés par l'un ou l'autre bout de ce couloir, sauf ces deux silhouettes assises au bord de la route qui regardent, statiques, le grand ruban des choses qui avancent.

*Lundi 3 septembre 2012. Après-midi*

*Restaurant le Sultan*

Frédérique sort du dossier un vieux papier bruni par des années d'archivage.

HORREUR TOTALE À CHERBOURG

*Ouest-France.* Rubrique des faits divers

*5 juillet 2006*

CHERBOURG. – Devant l'immeuble surnommé le « H 100 », une barre de treize étages dans le quartier des Provinces à Cherbourg, un petit groupe d'habitants prend le soleil. Cet après-midi, plus que la demi-finale d'hier, un seul sujet de conversation : le crime qui s'est déroulé à quelques mètres de là, devant l'entrée du numéro 2.

La police interdit l'accès de la cage d'escalier et interroge les voisins d'un appartement situé au quatrième étage. C'est là que s'est produit le drame.

Il est 20 heures, mercredi. Des riverains entendent des cris et appellent le commissariat. En se penchant à la fenêtre, sous l'éclairage blafard du parking, ils voient un homme nu, allongé sur un corps.

À leur arrivée, les policiers découvrent un homme

atrocement mutilé au couteau, gisant dans une mare de sang.

« Je suis Dieu, justice est faite. »

Les policiers interpellent, non loin, l'homme nu qui tient des propos incohérents : « Je suis Dieu, justice est faite... »

Hier soir, Hubert Garrand, le procureur de la République de Cherbourg, a expliqué que cet homme de 35 ans vivait dans l'appartement du numéro 4, au quatrième étage. « Il a traîné le corps de sa victime et l'a descendu jusqu'au parking. » Il est incapable d'expliquer quoi que ce soit. Sa garde à vue a été interrompue sur prescription médicale. Le suspect n'a pu être interrogé.

Il a été transféré en secteur psychiatrique.

La victime, Patrick Brenet, 48 ans, père de trois enfants, divorcé, vivait avec sa nouvelle compagne dans un appartement de la rue de Saintonge, à quelques centaines de mètres des lieux du drame. Le suspect, lui, n'habitait aux Provinces que depuis huit mois. « On ne sait pas si les deux hommes se connaissaient. L'agresseur est connu pour des antécédents psychiatriques dans un autre département. » Aujourd'hui, les psychiatres diront si le meurtrier peut être entendu, ou s'il faut l'interner.

SÉBASTIEN FRIMOT (*Ouest-France*)

Frédérique repose la coupure de presse sur la gauche du dossier ouvert devant elle. Le père de Jérémy, Patrick Brenet, assassiné par un déséquilibré. Une mort rencontrée par hasard, au coin d'une rue de la cité des Provinces, il y a six ans.

Elle parcourt à nouveau les éléments qui figurent

dans le dossier et forment les morceaux épars d'une biographie de la victime. En partant de la fin.

Blessures, mutilations. La mort a été déclarée le 5 juillet à 20 h 34 à l'hôpital du Cotentin, quelques minutes après son hospitalisation, des suites de ses blessures.

Patrick Brenet était atteint d'un syndrome parkinsonien depuis quelques années. Il était engagé au côté de l'Association des accidentés de la vie dans une démarche pour la reconnaissance de sa pathologie en maladie professionnelle. Il était en procès avec son employeur, la DCN.

Patrick Brenet était divorcé et remarié. Son ex-femme vivait depuis quelques années à Urville-Nacqueville avec leur fils, Jérémy.

Frédérique referme le dossier et le jette un peu plus loin sur la table. Pauvre môme.

Devant elle, l'écran du téléphone s'allume. Un message. Elle répond.

*Je suis déjà arrivée. Je vous attends à l'intérieur.*

Un visage apparaît à la vitrine. Un homme scrute l'intérieur du restaurant, l'une des mains en visière. Derrière les petites lunettes rondes, Frédérique voit les deux pupilles qui fouillent l'espace.

L'homme l'aperçoit, lui fait un signe de la main, puis se relève. Son visage disparaît. Il avance jusqu'à la porte qui s'ouvre et laisse apparaître sa silhouette fluette. Il salue Ayshegul d'un geste furtif puis marche jusqu'à Frédérique.

Elle s'attendait à un militant, un type avec une écharpe en lin, ou quelque chose comme ça. C'est un chercheur, un scientifique aux lunettes rondes, avec une mallette en cuir qu'il pose sur la table voisine. Son regard est aigu. Il y a quelque chose au fond, une petite méfiance, quelque chose de blessé qui ressort dans ce visage doux.

Il s'assoit devant elle, puis il parle sans attendre, comme ça, précipitamment.

— Alors, vous avez une enquête en cours ?

Frédérique le regarde.

— J'enquête sur l'incident de la digue de Querqueville en juillet dernier. Ça vous dit quelque chose ?

— Oui, mais je croyais que c'était classé.

Frédérique hésite un instant, laisse courir un silence. « En effet, ça l'est. »

L'homme la regarde dans les yeux, et puis dit « OK », comme ça, comme une pierre qui tombe dans l'eau puis disparaît aussitôt. Il sourit. « Bon, alors dites-moi, je vous écoute. »

Frédérique saisit une feuille dans son dossier.

— J'ai lu votre rapport, notamment le taux anormal de tritium que vous avez mesuré autour du 29 juin.

Il la coupe :

— À Écalgrain ?

Elle regarde le papier devant elle.

— Oui c'est ça. Dans la baie d'Écalgrain.

Il sourit. Elle le voit et s'interrompt.

— Ça vous fait sourire ? C'est quand même inquiétant.

— Le tritium, c'est la signature d'une réaction de fission. Ça vient des réacteurs. Donc oui, c'est inquiétant. En tout cas, vous, ça a l'air de vous inquiéter.

Il dit ça presque en riant. Puis il se tait, reste comme ça, l'air bizarre, à sourire dans le vide sans rien dire. Frédérique se dit qu'il retient ses mots. Peut-être qu'il la jauge un peu.

Puis le sourire disparaît. Il glisse comme s'il ne tenait pas sur sa bouche. Il reprend.

— Vous savez, je suis d'accord avec vous. Ça n'a rien d'amusant. C'est cette situation qui me fait sourire. Vous apparaissez d'un coup et vous me parlez de cette histoire comme si c'était un événement.

— C'est pas le cas ?

— Quand on a sorti ces chiffres, il y a trois mois, on pensait que ça ferait du remous. On y croyait, mais on a eu tort. Ça n'a pas vraiment été le cas. À peine un article dans *Ouest-France*, un ou deux entrefilets dans la presse locale. J'ai fini par croire que cette histoire n'intéressait personne.

— Pourquoi ?

— Parce que c'est comme ça ici. Où qu'on aille sur cette côte, on trouve constamment des taux supérieurs à la teneur naturelle. On est une association indépendante, alors on relève, on signale. C'est notre boulot. Mais est-ce que ça intéresse vraiment les gens ? Je n'en sais rien.

Il marque une pause, sourit d'un air timide.

— J'imagine que vous m'avez appelé parce que vous vous demandez si cette histoire a quelque chose à voir avec votre digue.

Frédérique fait oui de la tête.

— Eh bien, je ne sais pas s'il y a un rapport. Mais s'il y en a un, je vous assure que vous serez incapable de l'établir.

Frédérique le regarde avec des yeux ronds.

— Je ne couvre personne en disant ça. C'est simplement qu'Écalgrain est à quinze kilomètres à l'ouest de la rade. Il y a tellement de choses qui rejettent du tritium entre ces deux points, la COGEMA, Flamanville, que s'il y avait un rapport entre ces mesures et ce qui s'est passé sur la digue, personne ne pourrait l'affirmer avec certitude.

Frédérique hésite un peu.

— Mais vous, vous en pensez bien quelque chose?

L'homme se redresse.

— J'en pense plein de choses, évidemment. Mais, même si vous m'écoutiez dire tout ce que je pense, où est-ce que ça vous mènerait?

— Je ne comprends pas.

— Vous savez, je travaille dans une association, mais je ne suis pas un militant. Je suis l'inverse de ça. Je décris ce que je vois, c'est tout. Dans une guerre, tout le monde cherche à vous mettre d'un côté ou de l'autre. Les observateurs, on les regarde de biais. Surtout s'ils sont indépendants. On cherche à connaître leurs opinions, à les faire basculer du côté de ceux qui pensent que, ou qui croient que. On cherche à savoir le fond de leur pensée, comme ça on peut décrédibiliser ce qu'ils décrivent.

Il se tait un instant.

— Les opinions, les présomptions, ça vous classe chez les uns ou chez les autres, c'est tout. Après, plus personne ne vous écoute, même si ce que vous dites est vrai.

Il s'approche d'elle.

— Ce que vous cherchez, vous l'avez déjà sous les yeux. Toutes les données. Elles sont sur notre site. C'est public. Vous n'avez pas besoin de savoir ce que je pense.

Frédérique reste un instant interdite. Elle montre la feuille devant elle.

— Mais vous venez de me dire qu'on ne pouvait rien prouver.

Il tend sa main en travers de la table, agite un doigt.

— Laissez tomber Écalgrain. Regardez plus à l'est. On a fait d'autres mesures, à Gréville, entre la Hague et Cherbourg. Si vous regardez l'historique, vous verrez que le fond radioactif augmente à partir du 19 mai, à partir du moment où les blocs ont émergé dans la rade. Et on a un pic après le 2 juillet, quand la digue s'effondre. C'est beaucoup moins fort qu'à Écalgrain, moins spectaculaire, mais là, on sait que ça vient de l'est, de Cherbourg.

— Comment ça ?

— À cause des marées.

Elle le regarde sans rien dire.

— À la marée montante, le flot vient de l'ouest. Il

ramène les effluents radioactifs depuis Flamanville et la COGEMA vers la station de mesure. C'est généralement là qu'on voit le tritium apparaître. Après, le flot s'inverse. Le courant vient de Cherbourg et, habituellement, les taux baissent. Sauf que là, c'était le contraire. Le taux augmentait à marée descendante. Ce coup-là, ça venait de l'est.

Frédérique se redresse brusquement.

— Mais d'où alors? Ça vient des militaires?

Il la regarde dans les yeux. Il se recule et repose son dos contre le dossier.

— Peut-être. Mais je ne crois pas.

Il sourit à nouveau.

— Ça vous déçoit?

— Non, ça ne me déçoit pas. Je voudrais juste savoir ce qui s'est passé. Qu'est-ce qui vous fait penser que ça ne vient pas d'eux?

Il hésite un moment et la fixe à nouveau, un sourire aux lèvres.

— Parce qu'ils nous ont appelés le lendemain. Ils voulaient savoir si on voyait quelque chose. Ils nous connaissent très bien, puisqu'on bosse avec le LASEM. Ils savaient qu'on avait le nez sur les mesures. Ils nous ont rien dit de précis, mais on a compris qu'il se passait quelque chose qu'ils ne comprenaient pas. On voyait qu'ils paniquaient. Vous savez, les militaires, c'est des bleu-bites. Ça ne leur est jamais arrivé un truc de ce genre. À côté de la COGEMA ou de Flamanville, c'est les gentils du coin. Transparents, toujours parfaits. Sauf que là, ça venait de leur côté. L'amirauté a dû se dire que toutes les assos allaient leur tomber sur le dos.

— Mais pourquoi vous n'avez rien dit ?

— On a publié les mesures brutes sur notre site, comme toujours. Mais avant d'incriminer, on se laisse le temps d'analyser, de recouper. Et pourtant, à ce moment, j'aurais mis ma main au feu que ça venait de la base. D'autant qu'ils démantelaient *L'Indomptable*. Puis on a regardé l'historique des mesures et on a compris ce qui se passait. Depuis le mois de mai, depuis que les blocs étaient apparus, chaque jour, les niveaux montaient un peu plus. Sans s'arrêter. Ça n'atteignait pas ce qu'on avait pu parfois mesurer ailleurs, autour de la Hague, mais c'était déjà visible. Quand la digue s'est effondrée et que l'îlot a coulé, les taux ont explosé. C'est là qu'on a compris que ça venait des blocs de béton. Ils devaient dégazer, rejeter du tritium à l'état gazeux. Le gaz s'en allait et les blocs se remplissaient d'eau, comme des éponges. Alors ils ont coulé. Et ce qui restait de tritium s'est échappé, et s'est mêlé à l'eau.

— Vous voulez dire qu'il y avait du tritium dans les blocs ?

L'homme fait oui de la tête.

— Comment c'est possible ?

— Quand on a construit les Provinces, dans les années soixante, il y avait dix fois plus de tritium dans l'air qu'aujourd'hui. Les Américains et les Russes faisaient tellement d'essais atmosphériques que, partout dans le monde, vous aviez des concentrations dans l'air qui nous paraîtraient hallucinantes aujourd'hui. Mais ça n'a jamais été considéré comme un truc dangereux, alors on s'en foutait. Il y en avait partout. On mettait même ça dans le cadran des montres d'enfant pour qu'elles brillent dans le noir. Ici, il y en avait dans les nappes phréatiques parce qu'on enterrait l'uranium usagé dans des talus autour de l'usine de la Hague et que l'eau de pluie lessivait tout ça. Alors, quand on a construit les Provinces, tout ce tritium a dû être capturé dans le béton. Il est resté là, emprisonné dans la pierre. Et puis cinquante ans plus tard, il est apparu à nouveau. Comme une vieille histoire qui ressort de sa boîte.

Il ouvre ses deux mains devant lui.

— Le tritium, c'est un gaz léger, un isotope de l'hydrogène. Quand on le relâche, ça se répand partout. Ça se mélange à l'eau et ça fait de l'eau tritiée. Il devait y en avoir dans la poussière, la mer, l'air. C'était comme un petit cadeau du passé, vous voyez.

— Les militaires n'y sont pour rien ?

— Non. Enfin je ne pense pas. Ou alors ils ont merdé à un moment. Il y a tellement de trucs au fond de cette rade. Des trucs empilés à tous les âges. Qui sait ce qui s'est passé là-dessous. Enfin, si ça vient d'eux, si c'est fait exprès, ils sont très cons. Parce qu'ils ont inondé leur propre rade avec du *soft error*.

Il la regarde.

— Vous ne savez pas ce que c'est ?

Frédérique fait non de la tête.

— C'est ce qui vous arrive quand votre ordinateur

plante. Un rayonnement fait sauter un électron dans le cœur du processeur ou altère l'équilibre atomique des composants. Ça efface un bout de la mémoire ou ça bloque une requête. En gros, ça plante vos instruments électroniques. En temps normal, ça arrive parfois, quand un vent solaire un peu plus puissant touche l'atmosphère. Même en faible quantité, les particules ionisantes suffisent à affecter la structure interne des puces. Alors, quand vous êtes dans un environnement radioactif, ça devient le festival. Tout déconne. Vous devenez aveugle. Vous ne savez plus ce que vous voyez, ce que vous mesurez. Est-ce que le chiffre que vous lisez sur l'écran est le produit d'une erreur de la machine ou la réalité ? Vous ne le savez pas. Vous ne pouvez plus faire confiance à vos instruments. C'est quand même un truc qui doit vous inquiéter un peu quand vous manœuvrez un sous-marin avec douze têtes nucléaires à l'intérieur, vous ne croyez pas ?

Frédérique lui sourit.

— Je ne sais pas. Je n'ai jamais piloté de sous-marin.

Il sourit aussi puis il reprend.

— Quand on y est allés, après l'incident du 2 juillet, on a vu que les militaires faisaient tourner des bateaux autour de la digue pour que ça se dilue. Il a fallu dix jours pour que le taux dans l'eau revienne à la normale. Je pense qu'ils ont passé dix jours à bloquer les sous-marins dans la base, à attendre que ça baisse. Il devait y avoir du tritium partout. On retrouve ça dans les organismes marins par bioaccumulation. Dans les algues, dans les lichens. Ils emmagasinent la radioactivité et la transforment en matière organique.

— Et vous, au final, vous ne leur avez rien dit ?

— Dit quoi ? Qu'ils ont agité le secret défense comme des cons, parce qu'il n'y a rien de tel pour attirer les gens, pour que tout le monde regarde vers eux ? Qu'ils n'auraient dû rien faire, laisser couler, comme font tous les autres ? Des taux de tritium comme ceux-là, on en trouve vingt fois par an face à la Hague. C'est peut-être effrayant, mais ici, c'est comme ça. Même avec des niveaux quatre fois supérieurs, on a à peine un article. Alors qu'est-ce qu'on aurait dû faire ? Vous savez, les incidents mineurs, les faibles doses, ça n'intéresse personne. Les gens d'ici ne regardent pas les niveaux de tritium. Quand ça sort de la norme, ils se disent seulement : « Ah tant mieux, ça veut dire qu'on nous ment pas » ou « Ça va tant que ça déborde qu'un peu ».

— Ça reste quand même un peu dangereux, non ?

— Le danger, personne ne le connaît. Il y a un seuil d'information légal, mais c'est un chiffre fixé par un type dans un ministère. Il y a vingt ans, il n'y en avait même pas. Comme le rayonnement du tritium était considéré comme très faible, on pensait que ça n'était pas grave. C'est toujours comme ça avec la radioactivité : on ne voit rien ou pas grand-chose, alors on se dit qu'il n'y a rien à craindre. Sauf que depuis quelques années, les études changent. Le tritium émet un rayonnement bêta de très courte distance, bien inférieur à la taille d'une cellule, mais son rayonnement est très puissant. Il peut passer à côté de votre ADN sans qu'il ne se passe rien. Mais s'il le touche, il peut exploser les brins, provoquer une altération chromosomique. C'est impossible à prévoir. La radioactivité, ça n'est pas comme au cinéma. Vous n'avez pas de bras qui vous pousse dans le dos ou un troisième œil au milieu du front. Selon la dose que vous prenez, ça peut vous tuer très vite, ou alors, quand c'est faible comme ça, ça ne vous fait rien en apparence. Mais ça vous garde pour plus tard, ça navigue en vous, silencieusement. Et puis, un jour, ça devient quelque chose, une malformation chez vos enfants ou vos petits-enfants, une leucémie ou un cancer qui vous fait la peau. Et, quand ça se réveille, qui sait dire d'où ça vient ? C'est une mort qui se cache puis réapparaît dans le bruit de fond des autres morts. Ça ne fera jamais une statistique. C'est ça le pire, vous comprenez ? Quand on ne l'accroche pas à un monstre, la radioactivité n'intéresse personne. Fukushima, Tchernobyl. Il n'y a que là-dessus qu'on est audibles. Pour le reste, on parle dans le vent.

Ils se taisent un moment. Frédérique lui sourit.

— C'est sympa votre boulot. Ça me rappelle le mien.

Il rigole. Elle réfléchit un instant.

— Il y avait un môme sur la digue. Il a parlé d'une fumée.

— Oui, c'est possible. C'était peut-être de la vapeur d'eau tritiée. Ça peut faire comme une brume. Ou un dégagement de tritium sous forme gazeuse. J'imagine que sur la digue, votre môme, il a dû en prendre pas mal.

Frédérique hoche la tête. Elle pense à ceux qui ont été sur cette digue. Aux mômes. À elle-même. À Armand, et à sa femme qui bosse à l'Arsenal.

Elle pense à Jérémy, à tout ce qu'on a dit sur ce qu'il avait raconté. Il aurait rêvé, tout imaginé. Les disparitions, l'explosion, la fumée.

Et pourtant, voilà que la fumée réapparaît, comme un doute dans le champ des possibles. Et, par contagion, tout redevient une question.

Qu'est-ce qui va suivre ? L'explosion ? Les disparitions peut-être.

L'ancienne évidence est prise à rebours, concurrencée par une autre image qui s'imprime par couches successives.

Et quand cette nouvelle image apparaîtra tout entière, qu'est-ce qu'on verra ? La vérité, ou juste un morceau ?

Frédérique lève les yeux vers le scientifique.

— La radioactivité, ça peut changer votre perception des choses ? Ça peut provoquer des hallucinations ?

— Non. Mais on peut avoir des phosphènes. Des traînées lumineuses dans les paupières, comme des balles traçantes. C'est dû aux électrons qui traversent votre rétine. On sait que les gars sur les bateaux qui tournaient autour de la digue en ont eu, tellement il y avait de tritium dans l'eau.

— Ça arrive souvent ?

Il sourit.

— Oui, mais plutôt aux astronautes. Parce qu'ils sont exposés au vent solaire.

— Et ça ressemble à quoi ? À une explosion ?

— On peut dire ça comme ça.

*Dimanche 2 juillet. Jour de l'explosion*

*Digue de Querqueville*

Le temps n'est pas beau. Le vent ramène jusqu'ici l'humidité du large.

Jérémy est là, assis au milieu de l'îlot des blocs. Il est assis sur un morceau de béton dont le côté fait comme un banc surplombant l'eau.

Ce matin, le vent enveloppe sa présence d'une solitude nouvelle. Son tee-shirt est devenu lourd. Le tissu collé sur la peau, saisi par l'air et le sel, forme sur son corps une carapace humide.

Il balance doucement ses jambes dans le vide, effleurant la surface de l'eau du bout de ses orteils. Bien sûr qu'il a froid. L'été s'en va déjà. Mais il préfère rester ici. Il a 15 ans et il sait s'occuper. Et même s'il doit s'ennuyer, il préfère que ce soit ici.

Il est venu seul, sans ami. Maro déjeune avec ses parents et Yann est avec son beau-père qui participe au tournoi de beach-volley.

Yann. Jérémy l'imagine, courant derrière les ballons que son beau-père frappe très fort depuis la ligne de service, et souvent en dehors des limites du terrain. Yann faisant des allers-retours, comme ces petits chiens zélés qui s'agitent en tous sens. Ça l'énerverait de faire le toutou. Mais Yann, lui, s'en fout bien tant qu'il est avec son beau-père.

Ce matin, comme tous les jours depuis un mois, il a quitté la maison sans se doucher ni déjeuner. Il a mis dans son sac un peu de chocolat dans un morceau de pain. Il est passé devant la chambre de sa mère, a collé son oreille contre la porte pour s'assurer qu'elle dormait encore, puis il a filé sans un bruit.

Pendant les vacances, le temps s'inverse. La semaine devient une amie, et le week-end une corvée. L'écoulement habituel du temps se transforme en son double négatif. Avec le week-end réapparaissent toutes les choses qu'il se satisfait de faire le moins possible. Comme voir toutes sortes de gens, les adultes en général et sa mère en particulier.

Ce matin, il est parti avant qu'elle ne se réveille. Il a traversé à vélo le bourg d'Urville, puis celui de Querqueville. Il a passé le petit pont de fer et engagé son vélo sur le chemin qui court sur la digue de Querqueville. Il a roulé vite sur le ruban de deux mètres de large, le buste relevé, les mains loin du guidon, goûtant ce moment comme s'il lui avait été offert par la liberté elle-même.

Au bout du chemin, au pied du fortin, il a laissé son vélo, descendu l'échelle fichée dans le flanc de la digue et sauté dans l'eau. Il a traversé en nageant les vingt mètres du petit détroit qui sépare la digue de l'îlot des bétons flottés. Son sac sur la tête, il a nagé jusqu'aux premiers blocs comme un animal à trois pattes. Il a saisi dans l'eau la corde qui flottait à cet endroit et s'est hissé gentiment jusqu'au sec. Il s'est faufilé entre les filets et les câbles enchevêtrés qui servent à tenir rapprochés les blocs entre eux. Puis il s'est aventuré sur cette petite île, à la surface chahutée de crevasses et d'angles saillants.

Il est tranquille pour un moment, avec pas grand-chose au programme. Rien pour ainsi dire. Il sort son portable du sac étanche et envoie un SMS à sa mère. Il est assis juste au-dessus de l'eau. Ses jambes se balancent encore et ses pieds envoient des fines gerbes en rencontrant la surface. Des dizaines de petites gouttes s'élèvent et retombent une à une dans l'eau ridée par le vent.

À ses pieds, la mer attend comme un gigantesque plasma alangui. Elle semble l'attendre lui, comme toutes les choses terrestres que la gravité lui ramènera un jour ou l'autre pour qu'elle les digère. Il lui suffit d'être plus basse que tout, et de patienter pour que tout revienne à elle.

L'adolescent regarde autour de lui se dérouler le paysage en entier. À gauche, la porte ouest de la rade, et au-delà, la mer qui s'offre dans toute la profondeur du large ; devant lui, le plan d'eau calme et poli comme un miroir ; à sa droite, le rivage d'une ville qui semble minuscule et d'où part le cordon frêle de la digue qui l'a conduit ici. Sur le chemin, il remarque deux vélos posés par terre, un peu plus loin. Il se lève pour voir. Son corps soudain exposé vacille, surpris par le vent. Il tente de garder son équilibre sous les rafales tandis que son regard fouille l'espace autour des vélos. Il ne voit personne. Ils ont dû descendre sur l'autre versant de la digue, face à l'océan.

Alors il se met en marche vers le bord de l'îlot. Il progresse, le corps ramassé comme un primate, les pieds posés sur les arêtes des blocs, les mains qui s'appuient ici ou là sur la surface rocheuse pour ne pas chuter. Puis il se jette dans l'eau froide, et nage quelques mètres jusqu'au pied de la digue. Là, il saisit l'échelle et gravit un à un les barreaux encastrés dans l'ouvrage.

Il émerge lentement, le corps ruisselant brusquement saisi par le souffle frais de l'air. L'adolescent sort un sweat-shirt de son sac et l'enfile à même sa peau mouillée. Il reste là, immobile quelques secondes, accroupi à l'abri du parapet qui s'oppose au vent d'ouest, tentant de rassembler la chaleur qui lui reste.

Il ramasse son vélo et le fait rouler quelques mètres à côté de lui, jusqu'aux bicyclettes posées un peu plus loin. Il s'arrête à leur hauteur, les cheveux ébouriffés par le vent. Il dépose son vélo au sol et se hisse sur le parapet qui protège le chemin des rafales et des déferlantes. Sur sa face ouest, le pied de la digue devient un ruban de gigantesques blocs de pierre qui dessinent une surface chaotique sur laquelle viennent se briser les lames successives.

Jérémy se penche pour voir. Au milieu des rochers, il y a Paul, accroupi. Il semble attendre quelque chose. Il se retourne vers Jérémy et le voit. Il l'appelle, lui fait des signes, mais sa voix se perd dans le vent. Jérémy enjambe le parapet et descend sur les rochers pour le rejoindre.

— Salut. Qu'est-ce que tu fais ?

Paul semble agité. Il ne regarde pas Jérémy. Sa tête est tournée vers la digue un peu plus bas.

— Il y a deux filles là-bas.

Il montre la ligne des rochers mais Jérémy ne voit rien sinon les blocs de pierre.

— Comment tu sais ?

— Je les ai vues arriver.

Jérémy regarde Paul qui ne dit plus rien. Il a l'air de réfléchir. Puis soudain il se tourne vers Jérémy.

— Viens on y va.

Jérémy recule. L'idée l'effraie un peu.

— T'es sûr ?

— Oui, viens. Elles nous verront pas.

Paul avance. Il longe la digue par sa base, sautant d'un bloc à l'autre. Jérémy hésite puis le suit, à quelques pas. Ils progressent ainsi d'une dizaine de mètres, le corps bousculé par les rafales mouillées d'écume. Puis ils s'arrêtent et se jettent à plat ventre sur la face lisse d'un rocher.

Le vent s'est arrêté subitement. La mer a cessé de battre la digue.

Jérémy relève la tête et croit apercevoir plus loin une forme ronde, peut-être quelques cheveux. Puis il se couche à nouveau. La conscience de ces présences si proches envahit son esprit. Depuis le haut d'un crâne à peine aperçu, des corps entiers, des visages, des membres se prolongent jusqu'aux mains et aux pieds. Les filles sont là, tout près. Et cette intimité nouvelle explose en lui. Le monde soudain se soulève et se réordonne autour de ce centre incandescent. Et eux sont là, cachés à quelques mètres, traversés par une ligne intime qui les tient suspendus.

Jérémy écoute. La ligne vibre. Elle s'anime. Des voix leur parviennent. Il tourne la tête vers Paul qui le regarde aussi. Sur son visage, il y a un sourire entendu. Jérémy tend à nouveau l'oreille.

Les filles chantent. Il entend une mélodie et quelques mots, dans un anglais approximatif. Puis des mots en français, une chanson qu'il connaît bien. Son esprit se tend vers la musique. La chanson prend forme. Elle parle d'un amour impossible. « J'aimerais trop qu'elle m'aime, mademoiselle Valérie, j'aimerais trop qu'elle m'aime, mais elle ne veut pas, non non. »

La voix est grave. Une des filles la force pour faire vibrer les notes. Elle ponctue ses phrases d'inspirations profondes, pour imiter le style de Sean Paul ou Admiral T.

Les deux adolescents entendent un rire qui part en quintes énergiques. Puis l'autre voix cesse de chanter et vient accompagner les premiers rires.

Jérémy regarde Paul. Il a peur, mais il n'ose pas le dire. Paul le regarde fixement, comme s'il voyait quelque chose à travers lui. Soudain, sans rien bouger, sans se relever, il crie du plus fort qu'il peut.

— Hé ho.

Au loin, les rires s'arrêtent. Jérémy est tétanisé. Il se plaque contre le sol.

— Putain. Mais t'es malade ?

Paul le regarde d'un air de défi.

— Ben quoi ? Qu'est-ce qu'il y a ?

— Elles nous ont entendus, là. Qu'est-ce qu'on va faire ?

— Ben, il faut y aller.

— Jamais de la vie. Moi j'y vais pas.

— Alors j'y vais seul.

Jérémy soupire.

— Si tu veux.

— Mais je vais leur dire que tu les espionnes.

— Arrête, fais pas ça. T'es con.

Paul regarde Jérémy qui gémit. Puis il se lève sans rien dire, le défi encore bien accroché au visage. Il se dirige vers les filles. Jérémy se plaque un peu plus au sol. La silhouette de Paul se perd entre les rochers. Il ne la voit plus. Il tremble. De peur. D'humiliation et de colère aussi.

Il entend à nouveau les voix. Celle de Paul apparaît parmi elles. Les deux rires cessent puis ils reprennent, excités, éclairés d'une lumière nouvelle.

Jérémy entend les voix qui s'emmêlent, se croisent et se rejoignent. Elles s'invitent en lui et vibrent jusque dans son ventre. Il sent cette résonance nouvelle, lourde et troublante, et soudain, c'est comme si tous les yeux de la terre l'observaient.

Jérémy saute sur ses pieds et s'enfuit précipitamment. Il rejoint le parapet, escalade le mur de pierre et court vers son vélo posé quelque part plus loin. À mesure qu'il s'éloigne, il sent leur présence toujours proche, incroyablement proche.

Il enfourche son vélo. Quelque chose tremble au fond de lui, quelque chose d'inconnu. Comme le tressaillement d'un muscle nouveau qu'un exercice physique mystérieux aurait sollicité trop brutalement. Tout son ventre vibre furieusement.

Il file, la tête baissée, le nez juste au-dessus du guidon, le regard à l'horizontale, tentant de tromper la résistance de l'air. Ses oreilles sondent l'espace autour, mais aucun bruit ne lui parvient sinon celui du vent et des vagues. Il roule sur la digue, entouré par le froid, comme si la chaleur de son corps voyageait plusieurs mètres derrière lui.

Au bout de quelques instants, il arrive au pont de fer. Il s'arrête. Il a senti sur sa cuisse la masse inerte d'un objet à travers le tissu du maillot de bain. Il tire de sa poche le boîtier noir du téléphone. Ses yeux observent l'écran encore allumé sur lequel se dessinent des choses insensées, des aplats numériques qui apparaissent et disparaissent. Il se dit que c'est l'humidité, et essuie le boîtier avec sa serviette.

Il s'est arrêté juste avant l'école des Fourriers, à l'endroit où le chemin de la digue devient une route goudronnée. Paul et les deux filles sont maintenant loin derrière, à quelques centaines de mètres. Sur l'herbe, à gauche un peu plus loin, trois adolescents discutent. Des rires lui parviennent. Une petite stéréo joue.

Jérémy regarde son téléphone. Les images continuent d'apparaître. Elles se superposent, saturent l'écran comme si tous les messages et les images regardés autrefois rejaillissaient ensemble.

Les deux filles passent à vélo derrière lui. Elles sont seules, sans Paul. Jérémy ne les voit pas. Il pense à cette chose qui s'est éveillée en lui. Elle lui revient, comme la balle d'un jokari. Elle s'installe à nouveau. Il sent ses tripes qui vibrent autour de ce tressaillement intérieur et cette énergie nouvelle qui brasse son ventre en entier. Ça a quelque chose à voir avec les deux filles de la digue, mais il ne peut pas en parler. C'est une chose qu'il ne peut pas dire. Ça ne servirait à rien.

Pourtant, Jérémy sait que Paul voudra savoir. Quand ils se verront, il s'apercevra de quelque chose et il voudra chercher. Mais Jérémy ne veut plus rien lui dire.

Il imagine Paul qui lui demande, qui essaie de sonder en lui, cherchant à découvrir cette chose qu'il n'a pas à connaître. Il sent son regard qui l'épie et qui brûle. Il veut voir à l'intérieur, mettre à jour cette chose dans son ventre. Mais il ne faut pas l'ouvrir, pas encore. Il le voit approcher ses mains et ressent contre lui une colère immense. Trop proches, endroit interdit. Paul les plonge en lui, et tire sur la chose qui vibre. Il tire, mais ses mains sont peu à peu happées par la masse vibrante, comme si elle les enroulait autour d'elle. Les deux mains entraînées s'étirent en une longue matière fibreuse. Puis c'est au tour des bras. Paul tout entier est aspiré par le ventre béant et commence à entrer en lui.

Alors il se débat, tape de toutes ses forces. Les coups résonnent de l'intérieur. Mais ils sont soudain emportés par un autre bruit, un bruit gigantesque. Jérémy vacille. Ça ne vient plus de son rêve. Ça vient de quelque part, loin derrière lui. Il se retourne, cherche des yeux les rochers où il a laissé Paul tout à l'heure. Il ne voit rien. La moitié de la digue a disparu dans l'eau. Ce qu'il en reste est entouré d'une fumée qui flotte à mi-hauteur.

*Lundi 3 septembre. Fin d'après-midi*

*Devant le Sultan*

— J'y suis pas allée.

Frédérique est appuyée contre la vitrine du Sultan, côté extérieur.

La voix d'Élise dans le téléphone contre son oreille.

— Mais les embryons ?

— Certainement crevés à l'heure qu'il est.

— Mais t'es devenue folle ? Tu me dis ça comme ça ?

— Et toi, tu me dis quoi ? Des conneries. N'importe quoi. C'est vous qui êtes fous avec vos saloperies qui empoisonnent le monde. Tu savais qu'il y avait du tritium partout ?

— Comment ça « partout » ?

— Sur la digue, tout autour.

— Ce qu'il y avait autour de la digue, j'en sais rien. Je te l'ai dit. Mais oui, il devait y en avoir. Comme partout. Pas que sur la digue. Dans la Hague, à Flamanville, dans le Rhône, dans toutes les rivières de France. On est dans un pays nucléaire, tu sais ? C'est pas seulement ici. Mais ça te fera rien. Pas à ces doses. Il faut arrêter la parano.

Frédérique se calme. L'énervement s'est mué en défiance froide.

— Et alors, c'est bien pour autant ?

— Je n'ai pas dit que c'était bien.

— Il y en a partout, mais toi, tu n'en parles pas. Et quand tu en parles, ça devient un conte de fées, un joli mystère qu'on présente bien, des lichens de 23 000 ans qui flottent dans l'eau magique. Personne ne surveille rien et ceux qui sont payés pour le faire préfèrent voir le bon côté des choses. Mais quand on regarde de l'autre côté du joli mystère, qu'est-ce qu'on voit ? La merde, juste ça. Tu t'inquiètes pour les embryons, mais où est-ce qu'ils sont, tu crois ? Ils sont là-dedans, dans une saloperie réelle. Entourés de tritium, de machins qui les croisent et leur cisaillent l'ADN. Pas au milieu des lichens rigolos.

Il commence à pleuvoir. Frédérique ne bouge pas. Élise l'implore au téléphone.

— Frédérique, arrête tout ça. Tu pars en vrille. Tu dis n'importe quoi.

— Qui dit n'importe quoi ? Les gens comme moi ? Ou ceux qui leur racontent des histoires ? Même quand la merde est partout, que tout est noir, il y a toujours une blouse blanche pour trouver un petit quelque chose, un coin de ciel bleu où regarder. Parce qu'il faut y croire, à tout prix. Il n'y a que ça qui compte. Que le monde continue à avancer et que ceux qui vont au casse-pipe ne se retournent pas. « Tiens, 10 % ! » On ne sait pas trop ce que ça veut dire mais on balance ça comme une bouée de sauvetage à la pauvre fille qui s'est jetée à l'eau au milieu de l'océan. 10 % de chances que ça marche. Accroche-toi ! Et elle s'accroche à ça, comme une conne, comme si ça allait la sauver, parce que cette chose précieuse qui l'accompagne, c'est déjà quelque chose. Mais quand elle ouvre les yeux, elle se rend compte qu'elle s'accroche à rien. Cet espoir, c'est juste une idée morte, un truc qui s'est gonflé de vide. Et, soudain, ça se remplit d'eau, et ça la tire vers le bas. Il faut l'abandonner, sinon elle coule avec. Parce qu'il n'y a nulle part où reprendre pied dans ce monde. Juste de l'eau trouble. Et des pauvres gens qu'on précipite dedans en leur disant que ça ira bien.

Frédérique s'interrompt un moment. Élise reste silencieuse. La pluie ne s'est pas arrêtée. Pas du tout.

— Je ne suis pas un mouton qu'on envoie à l'eau avec de belles histoires. Je ne veux pas qu'on me bassine avec le mystère de la vie et toutes ces conneries qui cherchent à rendre jolie la saloperie qui va me faire la peau. J'ai besoin de voir ce qui va m'abattre. Et si je l'attrape, pourvu que ça me brûle vraiment. Parce qu'au moins j'aurai la certitude de ce qui m'arrive.

Elle s'arrête de parler un instant. Sa colère retombe.

— Il faut que j'en finisse avec cette histoire de

digue. Le môme, il n'a rien inventé. Ni la fumée, ni l'explosion. C'étaient des phosphènes, à cause du rayonnement, du tritium. Ce qu'il a cru voir, il l'a vu, vraiment. Tout ce qu'il a dit, ça compte à nouveau. Tout redevient possible.

Un silence passe, puis la voix d'Élise revient, plus douce.

— Peut-être qu'il a vu une explosion. Mais puisque c'était dans ses yeux, dans sa tête, qu'est-ce que ça change ? Qu'est-ce que tu vas trouver de plus ?

— Peut-être rien, et alors ? Qu'est-ce qu'il faudrait faire ? Tout abandonner, parce que c'est un môme et que les mômes racontent des histoires de mômes ? Des mensonges et des trucs inventés. On ne devrait écouter que les gens sérieux, ceux qui gardent les pieds sur terre et mettent du tritium dans l'eau ?

Élise soupire longuement.

— Écoute, rentre. Reviens. On en parle. Tu es sur les nerfs.

Frédérique regarde vers le ciel. Des gouttes lui tombent sur les paupières. L'eau suit des trajets divers le long de son front, vers son nez et ses joues.

— J'ai encore des choses à faire, je rentre un peu plus tard.

Elle n'attend pas la réponse d'Élise et raccroche.

La pluie s'intensifie à nouveau. Elle est trempée. Sur sa gauche, elle voit Ayshegul qui l'observe à travers la vitrine. Alors elle se met à marcher dans la rue, d'un pas mécanique. Elle avance sans direction, de plus en plus vite. Derrière elle, Ayshegul a passé la tête au-dehors. Elle la regarde s'éloigner. Sous la pluie qui martèle le sol, au milieu du grand trottoir vide, son pas mécanique donne à sa silhouette un air aberrant.

Elle prend à droite, rue Surcouf. Elle longe un long moment les façades silencieuses. Le soir tombe. Parfois la lueur bleue d'un téléviseur éclaire une fenêtre de l'intérieur. Au numéro 41 de la rue Guillaume-Fouace, elle s'arrête au pied de l'immeuble et regarde en l'air. Au deuxième étage, les lumières sont allumées. La silhouette d'Élise passe fugacement derrière l'une des fenêtres.

Frédérique regarde dans son sac. Les clefs de la voiture y sont. Elle fait quelques pas, appuie sur un bouton du badge puis ouvre la portière d'une berline grise garée là. Il pleut des trombes. Les gouttes grasses s'écrasent par volées sur le pare-brise devant elle. Elle n'a pas retiré son manteau. Ses cheveux ruissellent.

Elle attrape son téléphone, le porte à son oreille, attend un peu. Avec l'eau, la surface en plastique fait comme une ventouse contre son oreille.

— Daniel ?

Elle répète.

— Daniel, vous m'entendez ?

— Oui.

— J'ai besoin de voir le gosse. Il sera là ce soir ?

— Peut-être. Il a dit qu'il passerait, mais on ne sait jamais.

*Lundi 3 septembre. Soir*

*Route de la côte*

La route est déserte. Le chemin piéton fait comme une plateforme haute, nichée entre la chaussée et le bord de la rade. Les lampadaires alignés dessinent une longue courbe de points lumineux qui suit le rivage et vient s'accrocher aux dernières lumières de Cherbourg. Frédérique roule, d'un halo à l'autre, sous l'éclairage orangé des lampes à sodium.

Sur la rade, des bateaux reviennent au port, phares allumés, depuis la porte ouest. Elle regarde sur sa droite le long cordon de la digue qui s'étire jusqu'au fort de Chavagnac. Les dernières lueurs du crépuscule éclairent le fond de l'horizon.

Frédérique pense aux mômes de la digue. À ce qu'ils ont reçu comme rayonnement. Elle essaie d'imaginer ce que Jérémy a pu penser, ce jour-là, quand il a vu la fumée, les phosphènes. Qu'est-ce qu'on peut se dire quand une chose comme ça arrive, quand on a 15 ans ?

Elle pense à Élise. Qu'est-ce qu'elle a su de tout ça en réalité ? Peut-être rien, en effet. Peut-être que rien ne se sait, qu'on se ment, même au LASEM, entre collègues.

La pluie redouble. On ne voit pas à vingt mètres. Elle s'engage sur sa gauche, dans la rue de Daniel. Elle voit le toit des maisons du petit lotissement, parce qu'ils sont clairs et qu'ils ressortent sur le fond noir du ciel. La nuit a avalé tout le reste.

Elle avance encore quelques mètres dans l'obscurité. Il lui semble qu'elle aperçoit le portillon de Daniel, un peu plus loin sur la gauche.

Au fond d'elle, elle aimerait qu'Élise lui ait menti, qu'elle ait tout su, sans rien lui dire. Juste pour voir ce qu'elle ferait de cette idée. Comment pourrait-elle vivre avec ? C'est étrange de se dire ça, mais peut-être a-t-elle besoin de lui en vouloir. Elle ne sait pas pourquoi. Peut-être que ça rendrait les choses plus nommables, et que certaines situations seraient soudain différentes. Elles pourraient s'accrocher autrement.

Elle n'est pas contre cette idée, mais elle n'a pas le temps d'en imaginer la suite. La voiture s'est élevée, légèrement. Puis il y a eu un choc, à l'avant.

Frédérique se relève, essaie de voir. Elle réalise que la roue avant gauche est montée sur le trottoir. Elle a heurté quelque chose, une chose molle, qui doit être étendue devant le capot.

Une angoisse la parcourt soudain. « Jérémy ? » Elle ne sait pas pourquoi elle pense à ça. Mais elle y pense, sans pouvoir rien y faire.

Elle voit à sa droite, tout au fond vers la maison, une porte qui s'ouvre, la lumière qui perce à travers le cadre et la silhouette de Daniel qui sort en courant sous la pluie. Il passe le portail. Elle aussi est sortie de la voiture. L'eau perle sur son visage. Elle fait le tour du capot. Le moteur tourne encore, les phares éclairent le trottoir et le muret qui borde le jardin. Daniel et elle se sont arrêtés côte à côte devant la voiture et regardent le sol sans rien dire. Les deux masses noires presque égales des poubelles s'étalent sur le béton clair, l'une contre l'autre. La plus à gauche est fendue sur quelques centimètres, une petite gerçure qui laisse apparaître au milieu du plastique noir les couleurs vives d'un papier d'emballage.

— Ça va ?

Frédérique reprend ses esprits.

— Oui, ça va. Je suis désolée, dit-elle en regardant les poubelles au sol.

— C'est rien.

Daniel saisit les deux sacs l'un après l'autre et les empile, appuyés contre le muret sur le trottoir.

— J'aurais pas dû les laisser là.

Puis il la regarde ruisselante.

— Garez votre voiture, on va rentrer.

Quelques instants après, ils sont sur la terrasse, sous un auvent qui les protège de la pluie. Frédérique observe l'intérieur de la maison, le nez collé à la vitre de la porte-fenêtre.

— Ça a l'air grand, dit-elle.

Au fond de la pièce, à quelques mètres d'elle, un aquarium éclairé de l'intérieur projette sur le mur un rectangle de lumière zébrée. Une ombre gigantesque navigue d'un bout à l'autre du halo aqueux, agitant mollement la queue sur la surface de plâtre blanc.

Daniel ouvre la porte et cherche de la main l'interrupteur. Une lumière plus forte entre dans la pièce.

— C'est du logement social, pour les travailleurs. Ça fait assez pour moi, et Jérémy de temps en temps.

— Il n'habite pas avec sa mère ?

— Si, mais ça dépend des jours. Ils ne s'entendent pas très bien. Il vient souvent.

Il montre du doigt l'aquarium.

— Vous voyez, il m'a même laissé son poisson.

Frédérique regarde autour d'elle. Peu d'ameublement. Un canapé au tissu usé. Deux fauteuils en similicuir. Une table basse. Pas de décoration au mur. L'aquarium comme seul tableau. Frédérique a l'impression que le saumon l'observe. Daniel vient se poster à côté d'elle. Ensemble, ils scrutent le corps massif de la bête qui flotte.

— Il a toujours eu un drôle d'air. C'est moi qui l'ai sorti de l'eau, vous savez ? Il n'a jamais voulu mourir. Je crois qu'il aime bien les hommes.

— Ça ne vous angoisse pas ce genre de bête ? On dirait un truc préhistorique quand on regarde bien.

Daniel hausse les épaules.

— Ça fait une présence.

— Mieux vaut acheter une télé. Il a un nom ?

— Paul.

Frédérique regarde Daniel du coin de l'œil.

— Pourquoi il l'a appelé comme ça ?

— J'en sais rien.

Elle fait quelques pas dans le salon, puis se retourne vers Daniel.

— Et alors, Jérémy, il vient ou pas ?

— Peut-être. Il n'est pas si tard. Mais avec toute cette pluie, sur son vélo, je ne sais pas...

Daniel contourne le bar et entre dans la cuisine. Il ouvre les placards les uns après les autres.

— Vous voulez un verre ?

— Pourquoi pas.

Frédérique fait le tour de la pièce. À travers une porte entrouverte, elle aperçoit la chambre en enfilade. Des draps défaits et une couette en boule sur le bord du lit.

Elle s'approche de l'aquarium. Le saumon flotte, comme suspendu. On dirait une forme à demi vivante qui attend sa mue vers autre chose. Elle pense à cette discussion il y a quelques jours au téléphone, à la femme de la clinique et aux embryons. Les portes des placards claquent derrière le bar.

— Y a rien à boire ici, lui dit Daniel du fond de la cuisine.

Frédérique regarde autour d'elle. Sur la table basse, elle lui montre un petit sachet en plastique.

Daniel s'approche. Il prend le sachet et ouvre le zip, l'odeur de l'herbe monte jusqu'à eux.

— C'est à Jérémy ? demande Frédérique.

Il la regarde, l'air interdit.

— Je ne sais pas. C'est peut-être un ami qui l'a oublié ici.

— Celui de chez Greenpeace ?

Frédérique sourit. Daniel hausse les épaules, l'air un peu gêné.

— Ça ne vous tente pas de consommer des substances illicites avec un représentant de la loi ?

— Vous croyez qu'on peut ? dit-il en regardant le contenu du paquet à travers l'ouverture.

— Allez-y, prenez-en un peu. Je vous mettrai en prison plus tard, dit-elle en riant.

Daniel referme le sachet et le tend à Frédérique.

— Je vous laisse faire.

Elle saisit l'une des feuilles qui tapissent le fond du paquet transparent, puis délite une cigarette sur le plateau en verre de la table. Quand elle a fini de lisser le joint entre ses doigts, elle l'allume et le tend à Daniel.

— Priorité à l'ancienneté, comme on dit chez nous.

Daniel prend le joint avec déférence, comme une chose précieuse et fragile.

— Honneur aux vieux, vous voulez dire.

— J'ai pas dit ça, dit-elle en souriant.

Daniel s'assoit dans le fauteuil en face d'elle, et commence à tirer sur le joint. Ça le met mal à l'aise mais il essaie de le cacher. Il est heureux qu'elle reste avec lui. Juste un peu en arrière, le saumon semble suivre la scène par-dessus son épaule.

— Faites gaffe tout de même, on vous regarde.

Daniel se retourne.

— T'es un peu trop mouillé pour goûter à ça, mon vieux. Dans une prochaine vie peut-être.

Frédérique sourit.

— Dommage que les poissons ne fument pas. On aurait pu apprendre des choses.

Daniel lui tend le joint. Elle tire dessus à son tour. Elle sent une certaine langueur monter en elle.

— Ça tape un peu, lui dit Daniel. Ça faisait longtemps.

Elle lui fait un clin d'œil.

— Je vous pique vos trucs de vieux.

Ils ricanent comme des enfants.

*Mardi 4 septembre*

*Chez Daniel*

Frédérique se réveille quelques heures plus tard, allongée sur le canapé.

Elle fait pivoter ses jambes, redresse son corps et pose ses pieds par terre. Elle passe ses doigts dans ses cheveux puis cambre lentement sa tête en arrière, les mains sur le cou. Son regard se pose sur l'aquarium. Le saumon n'est plus là.

Elle se lève et fait quelques allers-retours dans le salon. Cinq appels en absence sur son téléphone. Cinq fois Élise. L'horloge digitale affiche 11 h 30.

Elle arrive sur la terrasse. Une voix surgit à sa gauche.

— Ça va la tête depuis hier ?

Elle se tourne. Daniel est assis à la table extérieure.

— Oui, ça va, dit Frédérique. Elle est dure.

Elle s'assoit en face de lui. Au milieu de la table, un plat creux. Une feuille de papier aluminium recouvre le fond du plat.

Daniel s'est retourné. Il sort deux assiettes d'une petite desserte au pied de la table, puis deux paires de couverts qu'il dépose devant lui d'un geste rapide.

— Allez. Faut manger tant que c'est chaud.

Il saisit le plat, l'approche un peu, puis soulève le papier aluminium.

À l'aide d'une spatule, il sort une large pièce de poisson rose. Quelques gouttelettes perlent de la chair et s'écrasent sur la nappe. Le morceau de poisson atterrit dans l'une des assiettes, que Daniel pousse vers Frédérique.

— Tenez. Prenez ça.

Elle ne bouge pas. Daniel la regarde en souriant.

— Vous pouvez y aller. Il ne vous fera rien. Il est mort maintenant.

Puis il saisit le plat et retire complètement la feuille d'aluminium. Le corps du poisson apparaît maintenant à la lumière. D'un côté, la tête, intacte, de l'autre, la queue. Entre les deux, la chair a disparu sur une face entière, laissant apparaître le dessin régulier des arêtes mises à nu.

Daniel attrape un couteau, puis, à l'aide de la spatule, il retourne le poisson en entier. Le saumon apparaît à nouveau inchangé. Simplement immobile. Daniel l'incise sur toute la longueur, lève un filet et le porte jusqu'à lui.

— C'est sûr qu'il a durci avec le temps. Normalement, faudrait pas les laisser vieillir.

Frédérique considère son assiette et le morceau qui s'y trouve. Elle ressent un léger dégoût à la vue de la chair trop rose.

— Vous l'avez prévenu quand même ?

— Qui ça ?

— Jérémy.

Daniel hausse les épaules.

— Pour quoi faire ? C'est juste un poisson.

Il a répondu ça sans lever les yeux, mais sur sa bouche, le sourire a disparu. Il laisse passer un silence.

— C'est lui qui m'a demandé de le faire. Sa mère n'en veut pas chez elle.

— Et il s'en fout ?

— Je ne sais pas. Depuis qu'il a repris l'école et qu'il ne travaille plus à l'entrepôt, on dirait qu'il nous a oubliés. On se retrouve à l'attendre, avec le saumon, comme deux vieux qui se demandent quand le petit va revenir.

Frédérique regarde le plat, cherchant des yeux ce qui reste du poisson. La tête repose sur le pyrex translucide. Autour d'elle, les fleurs jaunes et violettes remontent de la nappe par transparence. La gueule est restée ouverte, prête à mordre, comme si elle était restée figée dans cette idée. L'œil blanchi par la cuisson sort légèrement de son orbite. Tout autour, les écailles sont devenues d'un gris unitaire.

— Je l'aimais bien ce poiscaille. Pour une fois qu'on en sortait un vivant autrement que dans une caisse de glace. C'était rien qu'un pauvre gars, comme moi. Ce matin, ça m'a fait bizarre de le voir dans son aquarium, flottant au milieu de ses petites bulles. Comme si on le maintenait en vie, pour rien.

Pour lui, ça s'arrête là. Pour moi, la vie continue. Tant qu'on y est obligé.

Daniel s'est tu. Il porte un morceau à sa bouche, les yeux encore dans le vague.

Frédérique lui sourit.

— Ça vous fait pleurer mais vous le bouffez quand même.

Il se tourne vers elle puis regarde le bout de sa fourchette. Il hausse les épaules.

— Le saumon, ça se respecte, dit-il la bouche pleine.

Puis il tend une main en travers de la table, en direction de la salière.

— Vous aussi vous devez en voir des cadavres, j'imagine.

Frédérique se tord légèrement sur sa chaise.

— Ça nous arrive. Pas souvent quand même. Heureusement.

— Vous savez, on s'y habitue. Peu à peu, on oublie ce que c'est.

Il saisit la carafe d'eau et remplit son verre.

— Au bout d'un moment, un poisson mort qui passe entre vos mains finit par ne plus être un poisson mort. Quand vous en avez vu passer des centaines, alors ça devient juste...

Il hésite.

— Je ne sais même pas ce que ça devient en fait. On n'y pense plus, c'est tout. Mais je vous jure que quand y en a un qui débarque encore vivant, comme celui-là (il montre le plat de la pointe de son couteau), eh bien ça vous fait bizarre. C'est pourtant pas grand-chose, un poisson. Mais d'un coup, c'est comme si tous les autres cadavres que vous avez vus passer se relevaient et vous criaient : « On est vivants nous aussi, on est vivants. »

Frédérique opine de la tête, sans savoir pourquoi.

— C'est pour ça que vous avez décidé de le manger ?

— Je ne sais pas, peut-être. Ça devenait dur d'aller chaque matin au boulot avec cette idée. Réaliser qu'on a des cadavres de saumons qui nous passent entre les mains. Ça a l'air de rien, mais cette idée-là, elle vous saute à la figure. Parfois, faut laisser le cerveau oublier ce qu'on fait. Faut bien tenir.

Daniel tripote du revers de sa lame la peau du saumon. Il a soudain l'air plus mélancolique.

— Il va falloir que j'aille travailler.

— Mais vous travaillez le dimanche aussi ? dit-elle, comme si ça l'affectait profondément.

— Les saumons sont comme nous. Ils mangent tous les jours que Dieu fait. Tous les jours, on verse la même saloperie de farine au-dessus de leur tête.

— De la farine ?

— Des poissons broyés qu'on leur ramène du Pacifique. Des petits poissons tahitiens en poudre.

— Pourquoi on ramène ça d'aussi loin ?

— J'en sais rien. Parce que les Français ont toujours ramené un tas de merdes du Pacifique.

Daniel éteint sa cigarette et se redresse sur sa chaise.

— Quand j'étais à l'Arsenal, on démantelait des

bateaux qui venaient de Mururoa. On découpait les moteurs, on sciait des pièces couvertes d'amiante, peut-être radioactives. Ça fumait, ça faisait comme une brume blanche. On en avait partout sur nous, et tout le monde s'en foutait.

— Les gens ne tombaient pas malades ?

— Je ne sais pas. Vous savez, les gens partent à la retraite, et après chacun va crever dans son coin. De toute façon, tout le monde ferme sa gueule dans cette ville. On préfère crever la bouche ouverte que de créer du souci à l'Arsenal. Les gens d'ici pensent qu'ils ne seront plus rien si on leur enlève le droit de souder des plaques de tôle et de couler des canons.

Il s'arrête un moment.

— Mon père a sauté de joie quand j'ai été pris chez les ajusteurs. Il avait passé quarante ans dans la boîte, elle lui a pris toute son existence, mais quand je suis entré à mon tour, je crois que ça a été le plus beau jour de sa vie. Moi, j'ai attendu qu'il meure pour quitter la boutique.

— Les gens qui bossent à l'Arsenal, ceux qui ont scié de l'amiante, y en a bien certains qui tombent malades avant la retraite ? Comme Patrick Brenet.

— Oui, ça arrive.

— Alors qu'est-ce qu'on fait d'eux ?

— Quand on vous trouve quelque chose à la médecine du travail, ou qu'il vous arrive un truc sur le chantier, on vous envoie vous asseoir dans un bureau. Vous ne savez que souder des bouts de métal mais vous vous retrouvez derrière un écran, à la comptabilité ou aux achats. Autant dire qu'on vous envoie vous tourner les pouces. Là, vous ne faites plus rien. Vous vous reposez jusqu'à la retraite. On vous loue une jolie maison, à un prix préférentiel. Dans un quartier mieux que celui-là. En espérant que vous la boucliez.

Frédérique repense soudain à Francine. À la barrière, la petite haie et la maison derrière. À ce qu'elle lui a dit, le jour de leur entretien. Mutée aux achats depuis six ans, pour une fatigue importante.

Ça lui avait semblé anodin sur le moment.

— Et personne ne dit rien ?

— Non. L'Arsenal, c'est une famille. Pour le meilleur et pour le pire. Et puis dire ça à qui ? L'Arsenal, c'est toute la ville. Il n'y aura personne pour vous écouter si vous avez quelque chose de mal à dire.

— Mais ce genre de choses, ça se sait, non ?

Daniel hausse les épaules. Frédérique laisse passer un silence. La question lui brûle les lèvres.

— Daniel, est-ce que vous connaissez Francine Bilebart ?

Le visage de Daniel s'est soudain rembruni. Il la regarde avec inquiétude.

— Vous la connaissez ? répète-t-elle.

— Je l'ai connue. Il y a dix ans.

— Il lui est arrivé quelque chose sur le chantier ? À elle aussi ?

Elle l'interroge du regard mais Daniel se détourne. Il répète simplement ses derniers mots, d'une voix lointaine. « À elle aussi. » Puis il se tait.

Frédérique reste un moment figée, les yeux posés sur lui, essayant de comprendre. Daniel n'est déjà plus là. Il s'est retiré en lui-même et semble perdu dans l'exploration de vieux paysages. Il n'en dira pas plus.

Frédérique attrape son manteau et se lève brusquement. Elle le salue d'un geste retenu. Il ne la voit pas. Elle s'engage dans l'allée et franchit le portillon.

« Aux achats depuis six ans. 2006. »

Elle entre dans sa voiture et démarre en direction de l'hôpital du Cotentin.

*Juillet 2006*

*Chantier de l'Arsenal – Secteur du Homet*

Au-dehors, le vent forcit et enveloppe d'un souffle chargé d'embruns les grands bâtiments de l'Arsenal. Le ciel bas s'accroche aux toits des grandes cathédrales de métal. À 7 h 15 ce matin, l'obscurité résiste à l'aube qui s'installe.

À l'intérieur de l'atelier mécanique nord, les ouvrières frappent de leurs pieds le métal robuste de l'escalier central. Parmi elles, Francine Bilebart gravit d'une traite les deux volées qui mènent à l'atelier d'optique. Elle a 40 ans tout juste, le corps monté sur deux jambes sèches dont on lit à peine le galbe des mollets. Comme chaque matin, ses pas jouent sur le métal croisé des marches comme sur les lames d'un carillon, une gamme particulière qui se confond avec celle des autres et revient en écho à la jeune femme sous la forme d'une harmonie désarticulée.

Juste sous ses pieds, au rez-de-chaussée de la grande bâtisse, s'étend l'atelier de mécanique nord, l'un des plus grands de tout l'Arsenal. Les ajusteurs occupent l'espace. Micromètre Palmer à la main, ils liment, assemblent. Leurs mains ont emboîté chacun des milliers de tuyaux et de coudes dont sont faites les entrailles des sous-marins français. Elles œuvrent sans relâche, à la recherche du bon geste, du jeu le plus restreint entre les surfaces, pour que l'assemblage soit acceptable. Une fois graissée, la queue-d'aronde mâle doit pouvoir s'emboîter dans sa partie femelle, s'y glisser facilement mais sans jeu. On contrôle la cote, la juxtaposition des traits de lime. Au centième de millimètre. On atteint H7 / G6, sinon on recommence.

Les établis en bois, usés jusqu'à la maturité de leurs veines, sont disposés en parallèle les uns des autres. Sur le sol en pièces de chêne lustré par les huiles, les ajusteurs circulent sans précipitation, comme des chats paresseux. Dans le même bleu de travail, ils vont d'un pas habitué. Chacun a reçu deux salopettes au début de l'année, dont l'entretien est à leur charge. Mais ils peuvent voir venir, le tissu est fait d'une maille indestructible.

Au fond de l'atelier, deux bassins fument. D'un côté, la potasse chauffée qui sert à décaper les pièces. Une fois trempé, le métal est rincé à l'eau chaude puis séché, prêt à peindre. Le plus grand des deux bassins contient le trichloréthylène, qui sert à dégraisser les surfaces après assemblage. Chaque pièce est déposée au fond de la cuve et y reste plusieurs minutes, baignée par le liquide chauffé aux ultrasons. Les vapeurs s'échappent doucement vers le haut, par une hotte qui surplombe l'ensemble.

Les mains gantées, les ouvriers plongent leurs pièces puis discutent un peu, adossés à la cuve fumante, en attendant que ça se fasse.

Un peu plus loin, d'autres gars meulent des compresseurs venus de bateaux désarmés. D'où viennent-ils ? On n'en sait rien. Du Pacifique, dit-on, de Mururoa peut-être. Le calorifugeage blanc qui tapisse les échappements part en poussière à la rencontre du disque de métal. Ça fait comme une neige de cristaux qui enveloppe les silhouettes. Les poussières retombent sur les cheveux et les gars ressortent du nuage le poil grisonnant, comme s'ils avaient soudainement pris trente ans.

Dans l'atelier d'optique, au premier étage, on monte les verres qui servent aux périscopes et aux jumelles des sous-mariniers. Les vieux appareils sont récupérés, réparés, remis à niveau. Les ouvrières polissent les verres rayés à l'aide de disques en feutre imbibés d'oxyde de cérium.

Les vieilles optiques sont démontées minutieusement. Les prismes de Porro sont sortis de leur logement, désassemblés, déclinés en lentilles, miroirs, bagues de réglage et anneaux de compression. Les pièces métalliques sont nettoyées puis envoyées chez les ajusteurs pour dégraissage, au rez-de-chaussée.

La silhouette précaire de Francine Bilebart avance dans les travées, moissonnant les établis pour y recueillir les pièces de la matinée. Sur le chariot qui la précède, elle dépose chaque fragment dans des paniers en métal gris. Un pour chaque pièce.

À la fin de la récolte, elle quitte l'atelier et emprunte la coursive jusqu'au monte-charge. La main sur le bouton-poussoir, les deux jambes plantées comme des piquets dans le sol en métal de l'ascenseur, elle attend que le mécanisme se mette en branle. Elle descend chez les ajusteurs, au bassin de trichloréthylène. Un gars se trouvera certainement là, qui l'aidera à déposer les paniers dans le liquide fumant. Ils attendront ensemble quelques minutes, histoire de discuter un peu.

On connaît bien Francine à l'atelier nord. Chaque matin, c'est elle qui descend les pièces à la cuve. Depuis des années, on la voit promener entre les étages sa silhouette légère et cette timidité tenace qui marche au-devant d'elle. Ça fait comme un vide qui vient à votre rencontre, une distance qui se place entre elle et vous et qu'on ne déloge plus. Le temps n'y fait rien. On a fini par s'y habituer.

Les mots de Francine grandissent quelque part, dans un endroit baigné d'espérance et d'envie. Mais sitôt qu'ils affleurent à la surface, ils ressemblent à des êtres fragiles, presque vides de sève, incapables de survivre plus que quelques instants dans cette réalité. Ils parviennent à sa bouche comme s'ils avaient traversé un désert.

Francine a cessé d'y croire. Elle a fini par penser que ses mots ne portaient pas assez de vie en eux pour atteindre l'esprit des autres. Elle n'offre que de jolies natures mortes, des paroles douces mais arides, qui ne portent que la trace d'émotions contenues.

Les ajusteurs ont d'abord vu en Francine un drame émouvant, celui d'une âme délicate, enveloppée dans une gaine de distance. Ils ont observé son visage sec, d'une douceur à elle, essayant de comprendre quels barreaux retenaient cette âme.

Puis peu à peu, le quotidien et l'habitude ont fini par supplanter le murmure de cette âme insondable. Les ouvriers et Francine ont entretenu ce rituel matinal, mais dans cet instant, elle a fini par ne plus exister. Elle s'est confondue au moment, devenant cinq minutes de repos dans une journée de labeur, quelques mots échangés au bord d'un bassin. Mais les paroles se perdaient dans l'instant d'après. La présence de Francine était devenue un air impalpable qu'on aimait respirer sans y faire attention, entourant l'instant et se dissipant aussitôt. C'est ainsi qu'elle traversait la vie des ajusteurs, comme une eau dans laquelle on se baigne un instant mais qui ne se dépose sur rien.

Puis est venu ce matin où elle est descendue avec le chariot, ce matin où Vincent Berse était au bac. Elle a surgi derrière lui. Il a sursauté, elle a souri, et soudain elle lui est apparue différemment. Ce jour-là, elle devait être un peu plus jolie que les autres jours. Et lui plus enclin à le voir. Sa figure lui a semblé plus rose, son corps moins roide, plus délié. L'hypothèse d'une femme lui est apparue.

Entre eux, ça n'a pas été plus que cela, une étincelle fugace et ambiguë. Mais, quelques semaines plus tard, elle est revenue lui annoncer qu'elle avait décidé de garder l'enfant. Elle le lui a dit, comme ça, simplement, et ne lui a plus rien demandé après.

Depuis, il la regarde descendre chaque matin, s'arrangeant pour ne pas être au bac quand elle arrive. Il voit son ventre s'arrondir, un ventre de plus en plus généreux monté sur ce corps sec, le greffon d'une vigne sur un sarment qu'on dirait mort.

Les autres gars ont accueilli Francine comme le tout début de l'aurore après la nuit polaire. Il y avait chez elle toujours ce même sourire, cette gentillesse distante, mais derrière, ils ont remarqué quelque chose de nouveau, une plénitude très diffuse qui ne demandait rien à personne. Et cette joie contenue avait quelque chose d'un soleil intérieur.

Francine n'a presque pas changé, mais un rien a suffi à l'éclairer, et les ajusteurs qui travaillent au micromètre l'ont vu, ce presque rien. Ils ont vu dans ce tout petit décalage l'intensité d'une espérance nouvelle, inondant un être qui n'avait jamais cru à sa fécondité. Il y avait de l'euphorie, et le sentiment d'y avoir droit aussi.

Peu à peu, le corps de Francine s'est ouvert. Son ventre proéminent et ses épaules rejetées en arrière ont offert à sa poitrine une exposition nouvelle. La tête en se reculant a ouvert grand ce visage au monde et placé son regard à hauteur d'homme.

Ce matin, quand Francine apparaît près de la cuve, le ventre arrondi précédé du chariot, les deux ajusteurs qui sont là l'entourent de gestes prévenants. L'un la tient loin du bain de trichloréthylène et des vapeurs qui s'échappent tandis que l'autre saisit un à un les paniers remplis de pièces puis les dépose dans le liquide, en tenant l'extrémité de sa main gantée.

Ils restent un moment auprès d'elle, lui demandent si ça va aujourd'hui. Francine leur répond « Bien » de sa voix douce et timide. Puis les deux hommes s'éloignent, promettant de revenir dans un instant pour récupérer les paniers. Ils laissent Francine seule, appuyée sur le chariot vide. Autour d'elle, le quotidien de l'atelier se déploie, immuable. Il s'entend dans la musique toujours égale des coups portés au métal, des moteurs électriques qui percent ou qui meulent, des voix d'hommes et des pas sourds que font les chaussures renforcées sur le plancher de chêne.

Et puis soudain, au milieu, un cri, presque étouffé. Les ajusteurs regardent la silhouette de Francine qui se tord. Ils voient son corps plié en deux, sa main posée sur l'acier froid du chariot, ses jambes qui la soutiennent à peine. Les gars accourent, puis s'arrêtent devant elle, démunis, ne sachant quoi faire. Ils ne l'ont jamais touchée. Ils ne l'ont jamais imaginée souffrir.

Au milieu d'un cercle d'hommes, Francine tremble de tout son corps, parcourue d'une douleur trop forte pour crier.

L'un des ajusteurs s'approche, la saisit par l'aisselle, la relève un peu. Un autre place son cou sous son bras raidi. Les deux la soulèvent légèrement, sans qu'elle ne semble les voir, puis l'assoient quelque part le long d'un établi un peu en arrière. Francine se repose sur le sol en chêne, les jambes écartées sur le sol, la blouse ouverte. Le médecin de l'Arsenal a été contacté, une ambulance doit arriver. Les ajusteurs tournent autour d'elle, s'impatientent. « Mais qu'est-ce qu'ils foutent, bon Dieu. »

Quand le corps de Francine s'apaise un instant, que la douleur décroît, seul reste son regard perdu sur le sol devant elle. Comme si son esprit se trouvait déjà plus loin, dans la vie d'après.

Vincent Berse ne s'approche pas, il la regarde de derrière. Un poignard lui traverse le cœur. Francine, abandonnée.

*

Dans le couloir blanc de l'hôpital, Francine avance, comme une vieille femme, appuyée sur une infirmière qui la soutient par le bras. Quand elle a demandé aux médecins pourquoi c'est arrivé, on lui a répondu qu'elle était trop faible. Ils ont dit ça parce qu'ils n'en savent rien. À l'Arsenal, les ouvrières respirent des choses, restent debout une journée entière parfois, font des mouvements qu'on ne connaît pas. Il y a tellement de raisons qu'on ne cherche plus. Et puis quoi, la vie est ainsi.

La fragilité est une raison qu'on saisit quand elle se présente. Mais Francine, elle, ne l'a pas reçue comme une excuse. Elle l'a ressentie jusqu'au fond d'elle-même, et cette vérité nouvelle en a remplacé une autre. Les mots du médecin sont entrés en elle, ils ont entouré tous ses tissus jusqu'aux plus cachés, comme une ondée de givre. En un instant, la roideur d'autrefois est devenue fragilité. La faiblesse s'est insinuée partout.

Francine s'appuie sur l'infirmière comme si elle craignait de ne plus pouvoir se soutenir. Elle avance jusqu'au petit banc. La femme en blanc l'assoit doucement. Jérémy détourne ses yeux des silhouettes qui se dessinent sur le verre dépoli de la chambre en face et regarde l'ombre qu'on vient de déposer à sa droite. Francine porte une blouse verte, ses pieds sont entourés de mousseline.

Elle reprend sa respiration. Elle voit que le garçon à côté d'elle l'observe. Puis elle regarde vers le bas, vers ses cuisses et ses genoux rangés l'un contre l'autre. Elle ne comprend plus très bien à quoi ils servent, ces bras, ces jambes et tout le reste. Pourquoi ces choses faites pour la vie survivent-elles à la vie ?

Elle n'a plus confiance en ce corps. Quand elle s'y aventure, elle n'y voit qu'un vide profond, l'espace creux d'un cercueil et bien plus encore. Puis elle regarde ses jambes maigres, son ventre dégonflé, et ça lui semble impossible.

À côté d'elle, le garçon pleurniche doucement. Elle l'écoute un instant. Il lui semble loin. Elle ne peut rien pour lui.

Le garçon renifle. Puis il lui demande, d'une voix aiguë :
— Et vous, pourquoi vous êtes ici ?

Francine ne le regarde pas.
— J'ai perdu quelque chose.
— Perdu ici ?
— Il a fallu me l'enlever.
Le garçon ne réagit pas. Il renifle encore une fois.
— Vous restez longtemps ?
— Je ne sais pas.

Elle regarde les ombres qui continuent à discuter dans la chambre en face. L'une s'écarte des autres. Le médecin de garde sort de la chambre. Il s'approche de Jérémy et pose une main poilue sur sa tête. L'enfant ne bouge pas. Le médecin appuie légèrement sur l'arrière du crâne et plonge son regard dans le sien. Il reste comme ça un instant. « Ça va aller mon garçon. » Et il s'en va.

Jérémy ne bouge pas, la tête légèrement relevée, un peu ébouriffée. Son regard s'est durci. À côté, Francine n'a pas bougé non plus. Ils sont tous deux assis, spectateurs hagards d'un monde invisible.

Alors la tête de l'enfant bascule et tombe sur les cuisses de Francine. Elle ne sursaute pas. Elle regarde sans rien dire le crâne qui se pose, les tempes souples qui rencontrent la chair osseuse puis les cheveux châtains qui s'étalent sur le fond vert de sa blouse.

Elle observe sa main qui se dresse et vient se perdre dans les cheveux de l'enfant. Elle n'a rien ordonné, rien demandé. Elle a simplement laissé faire.

Le garçon tourne légèrement la tête et relève ses yeux vers son visage incliné.

— Cette chose en vous, c'était un bébé ?

Francine le regarde.

— Oui.

— C'est vous qui leur avez demandé de l'enlever ?

Elle touche son ventre.

— Non, c'est lui qui a choisi, il a voulu sortir tout seul... Ce n'était peut-être pas un endroit pour lui.

Francine réfléchit un instant

— Peut-être aussi que je n'ai pas su le retenir.

Un temps passe.

— Il est allé ailleurs ? Quelque part ?

— Oui, quelque part.

Francine ne sait pas où le corps est allé. Elle ne veut pas y penser.

— Vous avez fait ce que vous avez pu. C'est pas de votre faute, non ?

— Si, je crois que c'est à cause de moi. Je l'ai perdu. Il aurait été mieux ailleurs.

Francine voit que l'enfant fronce les sourcils. Il réfléchit. Les yeux se plissent et semblent se rapprocher l'un de l'autre. Puis son visage se relâche.

— Vous pensez qu'il vous en veut ?

Francine ne répond pas. Elle essaie d'imaginer son enfant s'envoler, son esprit allant s'imprimer dans d'autres lieux. Puis elle arrête d'y penser. Elle ne sait pas ce que vaut cette idée. Dans son esprit, l'enfant n'a pas de visage.

Elle regarde à nouveau la tête qui repose sur ses cuisses. Les cheveux, le petit nez aplati, les yeux qui s'ouvrent et se ferment.

— Tu t'appelles comment ? lui demande-t-elle.

— Jérémy.

— Tu as quel âge ?

L'enfant ne répond pas. Il réfléchit. Puis il parle.

— Je crois qu'il vous pardonnera.

Francine fait doucement non de la tête.

— Je ne crois pas.

— Un jour, il viendra vous voir et il vous le dira.

Francine fait toujours non. Jérémy la regarde. Elle a l'impression de le décevoir.

L'enfant la fixe.

— Est-ce que je peux l'avoir ?

— Qu'est-ce que tu veux avoir ?

— Je veux juste pouvoir essayer.

Francine ne répond pas. Dans son ventre, l'air tiédit. Le vide s'est mêlé d'autre chose.

Jérémy regarde au bout de la pièce, là où étaient assis ses frères.

— Je veux quelqu'un à moi.

— Je crois que tu peux tout avoir. Tout est à toi si tu le veux.

Francine hoche un peu la tête. L'enfant ferme les yeux. Il demande encore.

— Il s'appelle comment ?

— Il s'appelle Paul.

*Mardi 4 septembre. Après-midi*

*Allée Vivaldi*

Frédérique regarde Francine devant elle. Son corps frêle assis dans un grand canapé, dans le salon. Ses yeux ne vacillent plus comme avant.

Elle lui a ouvert sa porte. Elle attend maintenant que Frédérique parle.

— Je reviens de l'hôpital. J'ai consulté le fichier.

Francine l'écoute, puis son regard baisse graduellement vers le sol.

— Je sais ce que vous avez vu là-bas.

Elle parle dans un murmure puis s'arrête là.

Frédérique hésite un instant. Elle repense au registre. À cette mention, à la fin. Acte d'enfant sans vie. Seulement un prénom, Paul, en dessous du nom de Francine Bilebart. Une mention marginale. Mort le 5 juillet 2006. Le même jour que Patrick Brenet, le père de Jérémy.

— Pourquoi nous avoir dit que votre fils était vivant ?

— Je ne l'ai pas dit.

— Vous m'avez dit qu'il était avec ses grands-parents, dans les Pyrénées !

— Parce que c'est là qu'ils sont, tous les trois.

Frédérique se tait. Elle se sent devenir brusque à nouveau. Elle a cru que ça pouvait être différent. Qu'elle ne serait plus celle qui interroge, qui débusque les réponses, et que la vérité viendrait à elle simplement, en amie. Mais, comme chaque fois, elle la sent qui s'enfuit devant elle, qui part se cacher même sans un seul coin d'ombre pour disparaître. Pourquoi lui faut-il toujours aller chercher les mots jusque dans la gorge dans laquelle ils se terrent ?

— Vous nous avez laissés entretenir une idée fausse. Vous avez laissé courir un doute sur l'existence de votre fils. Malgré tout ce que vous dites.

— J'ai voulu...

Francine s'interrompt. Sa voix change.

— Je pensais que vous saviez tout ce qu'il vous fallait savoir. Mon fils n'a jamais été là-bas. C'est la vérité.

Frédérique la reconnaît, cette voix fluette, à peine audible, qui l'a emmenée nulle part quelques mois plus tôt. Aujourd'hui encore, elle l'entend qui s'estompe après chaque mot, comme si elle allait finir par s'évaporer entièrement.

Et pourtant, la voilà qui revient, avec une vigueur nouvelle. Elle rapporte avec elle une petite révolte, un fond de colère qui lui reste de quelque part et qu'elle jette sur Frédérique.

— Il n'y a pas de mensonge. Ce que vous avez

cru voir, ça n'appartient qu'à vous. Tout ça, ça vous revient.

C'est parti comme ça, comme une flèche, un tir isolé. Et puis rien. Francine s'est tue, stupéfaite d'elle-même. Puis elle tente de remplir ce blanc qu'elle a ouvert entre elles.

— La police devrait s'intéresser aux indices, aux corps, au concret. À ces choses-là. C'est ça qui devrait compter pour vous. Le reste, les histoires qu'on se raconte, elles appartiennent aux gens. C'est pas votre affaire.

La suite de l'entretien, Frédérique la connaît. Elle va d'abord laisser le silence s'installer, gangrener les défenses. Puis, quand ça sera le moment, elle pourra lui demander pourquoi, pourquoi avoir laissé courir cette idée, avoir laissé cet enfant vivre, tant d'années après.

Elle regarde cette femme, son corps qui ploie sous la gêne à peine masquée, comme si tout le monde pouvait voir au fond d'elle le mensonge mis à jour. Elle voit Francine tordre le bout de ses doigts, tourner ses phalanges comme si elle voulait les dévisser. Puis elle s'observe elle-même, avec dégoût. Que fait-elle ? Qu'est-elle venue chercher ici ? Une vérité à faire sortir à coups de pied, à faire balbutier par un corps presque mort ?

Elle finit par articuler quelques mots. « Vous et Jérémy, vous savez... » Puis elle s'arrête. En face, Francine ne bouge plus. Elle ne répond pas.

Frédérique se lève.

— Je vous dérange. Je vais partir.

Elle fait quelques pas vers l'entrée. Francine ne bouge pas. Seules ses mains ont cessé de s'agiter.

Frédérique s'arrête au moment d'ouvrir la porte. Elle a senti le regard de Francine s'accrocher à sa nuque. Elle se retourne vers elle.

— Je suis désolée. Je n'aurais pas dû venir ici.

Francine détourne les yeux vers le fond de la maison. Puis sa voix émerge dans le silence, comme un écho différent.

— Vous savez, si je suis venue vous parler au commissariat, c'était pour le môme, c'est sûr. Mais pour moi aussi. C'était pas pour mentir.

Elle laisse passer un silence.

— J'ai jamais vraiment cru à tout ça. Même si j'aurais bien voulu. C'est des trucs d'enfant. J'aimais pas trop ça au début mais ça me coûtait pas grand-chose. Jérémy, ça lui a servi. Ça l'a aidé, vous savez ? C'est pour ça que j'ai laissé dire.

Elle cherche des yeux Frédérique, comme pour la prendre à témoin. Puis elle se tait un instant.

— Le jour de l'explosion, il a décidé d'abandonner tout ça, de le donner à la mer. Je pense qu'il l'a fait sans s'en rendre compte. Sûrement que ça l'empêchait de vivre sa vie à lui. Mais moi, ça m'a fait peur. Je pensais que j'y croyais pas, mais quand il a raconté tout ça, Paul sur la digue, quand il a décidé que ça s'arrêterait là, d'un coup, c'est comme un vide qui s'ouvrait.

Frédérique s'approche, passe entre les chaises et tire un fauteuil vers elle. Francine n'a pas bougé.

— On n'en a jamais vraiment parlé, mais cette idée, elle était là. Elle est restée entre nous, tout ce temps. Elle était à nous deux, sans qu'on se le dise. Alors, c'était pas possible que ça se termine, pas comme ça. Pas sur cette digue, dans cet endroit bizarre. C'était pas pour mentir. Je voulais juste éloigner Paul, le laisser ailleurs. J'avais quand même le droit de choisir la fin, vous comprenez ?

Francine jette un œil inquiet vers Frédérique, comme pour s'assurer qu'elle ne la prend pas pour une folle. Frédérique hoche la tête, lentement.

— Vous pouvez me parler. Vous ne risquez rien. Il n'y a plus d'enquête. C'est du passé tout ça.

Francine la fixe un instant, puis se met à parler à nouveau, dans un seul élan.

— Quand je vous ai vue, j'ai pensé que j'allais pouvoir emporter cette histoire avec moi, la faire finir autrement. Mais en fait, ça n'a jamais fini. Je l'ai emportée et maintenant, je suis seule avec elle. Ça ne s'arrête plus. C'est comme une question qui s'accroche à moi et qui reste là, en suspens. Je ne peux plus la refermer. Elle me revient sans cesse. Toutes ces choses que j'ai laissé dire sur mon fils, elles continuent. Chaque jour, elles le reprennent et le ramènent ailleurs. Et moi, je n'arrive pas à les faire taire. Je ne sais plus s'il est parti ou s'il est revenu. Je ne sais même plus où il est.

Francine tressaille. Sa voix s'affaiblit un peu plus.

— Parfois, il reste là, à flotter quelque part devant moi, et je ne sais pas qui je vois.

Frédérique s'approche d'elle. Elle voit son visage et l'inquiétude qui la traverse.

— Et Jérémy ?

— Jérémy, il a pris ce qu'il a voulu, et puis ça a été fini. Il n'a rien eu à faire. Il a juste cessé d'y croire.

Elle se tait un instant.

— Moi, c'est comme si une partie de ma vie était restée en arrière, et que je basculais avec elle. Je sais qu'un moment, j'ai cru que cette chose pourrait m'aider, mais je veux la laisser désormais. Je voudrais qu'elle m'oublie. Je ne lui dois plus rien.

Frédérique regarde cette femme plus âgée qui se penche au-dessus de l'eau et la supplie de regarder avec elle. Comme si elle lui offrait de voir ses songes pour qu'elle y plonge et lui assure qu'il n'y a plus rien à craindre.

— C'est fini, vous savez. Pour tout le monde. Il n'y a plus rien. Il n'y a jamais rien eu sur cette digue. Rien qui retienne votre enfant à cette histoire. Il n'y a que vous et moi.

Francine ne répond pas. Elle scrute l'espace devant elle, comme si elle voyait ces mots étrangers venir à elle, entrer dans son rêve, et qu'elle se demandait soudain ce qu'ils emporteraient et ce qui lui resterait. Puis elle se tourne à nouveau vers Frédérique.

— La vie est là, devant moi. C'est dur parfois, mais c'est la vie. Il m'en reste à vivre, vous comprenez ?

Elle sourit un moment dans le vague, puis se lève et fait quelques pas vers la porte. Frédérique la voit qui s'arrête un peu plus loin et chancelle légèrement, comme étourdie par ses propres pensées.

— Ça va ?

Francine ne répond pas. Elle se remet en marche et s'approche de l'entrée, toujours silencieuse, comme si elle était désormais seule dans la maison. Elle ouvre en grand une fenêtre sur sa gauche puis reste un instant immobile à regarder le jardin, le corps encadré par les deux battants ouverts. Dehors, le vent aplatit un peu la haie qui ploie et bruit sous le souffle, puis le courant d'air entre jusque dans la pièce. Il semble emporter avec lui le corps de Francine qui se retourne vers Frédérique et la regarde comme si elle se souvenait soudain qu'elle était là, juste derrière elle.

— Je vous raccompagne jusqu'au portail, lui dit-elle avec douceur.

Frédérique se lève et s'approche d'elle, puis la suit dans le petit chemin.

Elles s'arrêtent à hauteur l'une de l'autre, juste devant le petit portail.

— Bon, dit Frédérique.

— Au revoir, lui dit Francine.

Frédérique la voit s'approcher d'elle. Dans un élan machinal, elle penche sa tête pour l'embrasser mais Francine lui saisit les mains. Elle sent son corps venir s'appuyer contre elle et ses bras autour d'elle qui la retiennent. Elle sent la chaleur qui vient de cette femme. Elle n'aurait jamais cru.

Elles se séparent, puis Frédérique s'engage dans la rue. Elle se retourne après quelques pas. Personne au portail. Juste une silhouette dans la maison, qui passe d'une pièce à l'autre.

Dans sa poche, une légère vibration. Un message, sûrement d'Élise. Elle cherche le téléphone de sa main mais ne le sort pas. Elle attend comme ça un moment, l'écran serré contre sa paume droite.

Le soleil est revenu. Le message d'Élise est maintenant dans sa main, devant ses yeux.

*Ce soir, cuisine normande. Crème et tritium. Tu viens ?*

Elle sourit et se laisse emporter par l'élan.

*2 juillet 2012. Jour de l'explosion*

*Digue de Querqueville*

L'onde a parcouru la digue d'un bout à l'autre. Si forte qu'on dirait qu'elle frémit encore. Jérémy se tient debout, le vélo appuyé contre sa cuisse. Son corps est resté là, mais ses pensées ont été emportées par le souffle gigantesque qui l'a traversé de part en part.

Il regarde au loin. À la place des blocs, il n'y a plus qu'un grand trou d'eau dans lequel des pierres éboulées s'écoulent par grappes. Une brume poussiéreuse flotte autour de la digue éventrée.

Jérémy fait quelques pas, puis il s'arrête. Un bloc de béton roule sur le chemin jusqu'à lui. Il se penche et le ramasse.

Une fumée différente s'est levée. Une brume blanche, vaporeuse. Elle s'approche de lui, portée par le vent. Il l'observe un moment puis s'avance. L'instant d'après, elle l'enveloppe tout entier.

Il ne voit rien, sinon la blancheur qui sature l'espace et avale ses contours. Il se penche et regarde sa main. La pierre y est toujours.

Jérémy marche encore, mais le blanc reste égal partout. Puis il les voit sortir du fond de la fumée, débusqués. Les météores traversent l'espace comme des balles traçantes dont les traînées restent lumineuses bien après leur passage. Ils fusent partout autour mais ne le touchent jamais.

Jérémy s'avance à travers eux, les yeux grands ouverts. Plus il regarde, plus il y en a. Comme si ce jour précis était pour lui. Un feu d'artifice, pour un jour nouveau.

Puis, d'un coup, ils disparaissent. Ils s'en vont comme ils sont venus.

La brume se dissipe un peu, laissant apparaître la lumière, la ligne du ciel et de la mer. Le vent forcit, chasse la brume et lève à la place des volutes de poussière jaune. Le paysage réapparaît. Devant lui, la ligne de la digue court au loin et, au centre, le grand vide laissé par l'îlot des blocs disparu. Jérémy lève la pierre devant ses yeux. Elle remplit presque le trou.

Les pensées d'avant lui reviennent, mais elles lui semblent étrangères. Son esprit éparpillé s'est raccommodé dans un autre sens, dans un autre ordre. Une autre idée a fait son chemin, ouvrant des boîtes inconnues, en refermant d'autres. Il pense à Paul et aux deux filles sur la digue.

« Paul », répète-t-il pour lui-même. Comme pour nommer une chose ancienne qu'il faut se rappeler. Une chose qu'on adresse à ses souvenirs pour qu'ils l'installent parmi eux. Et peu à peu, il sent monter l'absence. Un sentiment qu'il avait oublié et qui revient à lui, écho lointain. Paul n'est plus là. Il le sent. Mais il n'a plus peur. Il peut vivre autrement.

Les trois étudiants sont toujours là-bas, à côté du petit pont en fer. Ils se sont levés et regardent la digue éberlués. Mais Jérémy ne les voit plus. Il les a mis ailleurs, quelque part en lui. Une nouvelle idée a déjà tout inondé, tout recouvert. Avant même que les poussières ne retombent, elle a tout repris. Il n'y a plus qu'elle, comme une évidence, et derrière elle, le monde, à nouveau rangé.

Jérémy met les deux pieds sur les pédales. Ses jambes ne tremblent plus. Elles entraînent le plateau denté comme si elles entraînaient l'univers en entier.

Les pneus laissent sur le sol un sillage de traces qui se croisent, se recoupent et s'écartent. Elles s'impriment sur la poussière toute neuve, puis rejoignent d'autres sillons qu'ont imprimés d'autres vélos venus rouler sur cette portion de route, quelque part entre la digue et la ville.

Sur l'enclos flottant, les hommes ont arrêté de travailler. Dans les caisses, certains poissons frétillent encore. Les hommes sont debout, tournés vers l'ouest, comme les tournesols du soir. Aucun ne parle. Ils contemplent la digue et, tout autour, la poussière qui retombe lentement sur l'eau calme.

## DU MÊME AUTEUR

*Aux Éditions Gallimard*

CHERBOURG, 2019, Folio Policier nº 946.

# COLLECTION FOLIO POLICIER

*Dernières parutions*

| | |
|---|---|
| 767. Franz Bartelt | *Chaos de famille* |
| 768. Thierry Bourcy | *Les ombres du Rochambeau* |
| 769. Georges Simenon | *Nouvelles exotiques* |
| 770. Jo Nesbø | *L'inspecteur Harry Hole. L'intégrale, I* |
| 771. Lorenzo Lunar | *La vie est un tango* |
| 772. Nick Stone | *Cuba Libre* |
| 773. Jean-Claude Izzo | *Fabio Montale* |
| 774. Boileau-Narcejac | *Les intouchables* |
| 775. Boileau-Narcejac | *Les visages de l'ombre* |
| 776. Joe R. Lansdale | *Diable rouge* |
| 777. Fredrik Ekelund | *Blueberry Hill* |
| 778. Heinrich Steinfest | *Le poil de la bête* |
| 779. Batya Gour | *Meurtre en direct* |
| 780. Laurent Whale | *Les Rats de poussière I Goodbye Billy* |
| 781. Joe R. Lansdale | *Le sang du bayou* |
| 782. Boileau-Narcejac | *Le contrat* |
| 783. Boileau-Narcejac | *Les nocturnes* |
| 784. Georges Simenon | *Le bateau d'Émile* |
| 785. Dolores Redondo | *De chair et d'os* |
| 786. Max Bentow | *L'Oiseleur* |
| 787. James M. Cain | *Bloody cocktail* |
| 788. Marcus Sakey | *Les Brillants* |
| 789. Joe R. Lansdale | *Les Mécanos de Vénus* |
| 790. Jérôme Leroy | *L'ange gardien* |
| 791. Sébastien Raizer | *L'alignement des équinoxes* |
| 792. Antonio Manzini | *Piste noire* |
| 793. Jo Nesbø | *Du sang sur la glace* |
| 794. Joy Castro | *Après le déluge* |
| 795. Stuart Prebble | *Le Maître des insectes* |

| | |
|---|---|
| 796. Sonja Delzongle | *Dust* |
| 797. Luís Miguel Rocha | *Complots au Vatican I Le dernier pape* |
| 798. Caryl Férey | *Saga maorie* |
| 799. Thierry Bourcy | *Célestin Louise, flic et soldat dans la guerre de 14-18* |
| 800. Barry Gornell | *La résurrection de Luther Grove* |
| 801. Antoine Chainas | *Pur* |
| 802. Attica Locke | *Dernière récolte* |
| 803. Maurice G. Dantec | *Liber mundi I Villa Vortex* |
| 804. Howard Gordon | *La Cible* |
| 805. Alain Gardinier | *DPRK* |
| 806. Georges Simenon | *Le Petit Docteur* |
| 807. Georges Simenon | *Les dossiers de l'Agence O* |
| 808. Michel Lambesc | *La « horse »* |
| 809. Frederick Forsyth | *Chacal* |
| 810. Gunnar Staalesen | *L'enfant qui criait au loup* |
| 811. Laurent Guillaume | *Delta Charlie Delta* |
| 812. Laurent Whale | *Les Rats de poussière II Le manuscrit Robinson* |
| 813. J. J. Murphy | *Le cercle des plumes assassines* |
| 814. Éric Maravélias | *La faux soyeuse* |
| 815. DOA | *Le cycle clandestin, tome I* |
| 816. Luke McCallin | *L'homme de Berlin* |
| 817. Lars Pettersson | *La loi des Sames* |
| 818. Boileau-Narcejac | *Schuss* |
| 819. Dominique Manotti | *Or noir* |
| 820. Alberto Garlini | *Les noirs et les rouges* |
| 821. Marcus Sakey | *Les Brillants II Un monde meilleur* |
| 822. Thomas Bronnec | *Les initiés* |
| 823. Kate O'Riordan | *La fin d'une imposture* |
| 824. Mons Kallentoft, Markus Lutteman | *Zack* |
| 825. Robert Karjel | *Mon nom est N.* |
| 826. Dolores Redondo | *Une offrande à la tempête* |
| 827. Benoît Minville | *Rural noir* |

828. Sonja Delzongle — *Quand la neige danse*
829. Germán Maggiori — *Entre hommes*
830. Shannon Kirk — *Méthode 15-33*
831. Elsa Marpeau — *Et ils oublieront la colère*
832. Antonio Manzini — *Froid comme la mort*
833. Luís Miguel Rocha — *Complots au Vatican II La balle sainte*
834. Patrick Pécherot — *Une plaie ouverte*
835. Harry Crews — *Le faucon va mourir*
836. DOA — *Pukhtu. Primo*
837. DOA — *Pukhtu. Secundo*
838. Joe R. Lansdale — *Les enfants de l'eau noire*
839. Gunnar Staalesen — *Cœurs glacés*
840. Jo Nesbø — *Le fils*
841. Luke McCallin — *La maison pâle*
842. Caryl Férey — *Les nuits de San Francisco*
843. Graham Hurley — *Le paradis n'est pas pour nous*
844. Boileau-Narcejac — *Champ clos*
845. Lawrence Block — *Balade entre les tombes*
846. Sandrine Roy — *Lynwood Miller*
847. Massimo Carlotto — *La vérité de l'Alligator*
848. Benoît Philippon — *Cabossé*
849. Grégoire Courtois — *Les lois du ciel*
850. Caryl Férey — *Condor*
851. Antonio Manzini — *Maudit printemps*
852. Jørn Lier Horst — *Fermé pour l'hiver*
853. Sonja Delzongle — *Récidive*
854. Noah Hawley — *Le bon père*
855. Akimitsu Takagi — *Irezumi*
856. Pierric Guittaut — *La fille de la Pluie*
857. Marcus Sakey — *Les Brillants III En lettres de feu*
858. Matilde Asensi — *Le retour du Caton*
859. Chan Ho-kei — *Hong Kong Noir*
860. Harry Crews — *Des savons pour la vie*
861. Mons Kallentoft, Markus Lutteman — *Zack II Leon*
862. Elsa Marpeau — *Black Blocs*

863. Jo Nesbø — *Du sang sur la glace II Soleil de nuit*
864. Brigitte Gauthier — *Personne ne le saura*
865. Ingrid Astier — *Haute Voltige*
866. Luca D'Andrea — *L'essence du mal*
867. DOA — *Le cycle clandestin, tome II*
868. Gunnar Staalesen — *Le vent l'emportera*
869. Rebecca Lighieri — *Husbands*
870. Patrick Delperdange — *Si tous les dieux nous abandonnent*
871. Neely Tucker — *La voie des morts*
872. Nan Aurousseau — *Des coccinelles dans des noyaux de cerise*
873. Thomas Bronnec — *En pays conquis*
874. Lawrence Block — *Le voleur qui comptait les cuillères*
875. Steven Price — *L'homme aux deux ombres*
876. Jean-Bernard Pouy — *Ma ZAD*
877. Antonio Manzini — *Un homme seul*
878. Jørn Lier Horst — *Les chiens de chasse*
879. Jérôme Leroy — *La Petite Gauloise*
880. Elsa Marpeau — *Les corps brisés*
881. Sonja Delzongle — *Boréal*
882. Patrick Pécherot — *Hével*
883. Attica Locke — *Pleasantville*
884. Harry Crews — *Car*
885. Caryl Férey — *Plus jamais seul*
886. Guy-Philippe Goldstein — *Sept jours avant la nuit*
887. Tonino Benacquista — *Quatre romans noirs*
888. Melba Escobar — *Le salon de beauté*
889. Noah Hawley — *Avant la chute*
890. Tom Piccirilli — *Les derniers mots*
891. Jo Nesbø — *La soif*
892. Dominique Manotti — *Racket*
893. Joe R. Lansdale — *Honky Tonk Samouraï*
894. Antoine Chainas — *Empire des chimères*
895. Jean-François Paillard — *Le Parisien*

| | |
|---|---|
| 896. Luca d'Andrea | *Au cœur de la folie* |
| 897. Sonja Delzongle | *Le hameau des Purs* |
| 898. Gunnar Staalesen | *Où les roses ne meurent jamais* |
| 899. Mons Kallentoft, Markus Lutteman | *Bambi* |
| 900. Kent Anderson | *Un soleil sans espoir* |
| 901. Nick Stone | *Le verdict* |
| 902. Lawrence Block | *Tue-moi* |
| 903. Jørn Lier Horst | *L'usurpateur* |
| 904. Paul Howarth | *Le diable dans la peau* |
| 905. Frédéric Paulin | *La guerre est une ruse* |
| 906. Paul Colize | *Un jour comme les autres* |
| 907. Sébastien Gendron | *Révolution* |
| 908. Chantal Pelletier | *Tirez sur le caviste* |
| 909. Sonja Delzongle | *Cataractes* |
| 910. Elsa Marpeau | *Son autre mort* |
| 911. Joe Ide | *Gangs of L.A.* |
| 912. Francesco Dimitri | *Le livre des choses cachées* |
| 913. Jo Nesbø | *Macbeth* |
| 914. Dov Alfon | *Unité 8200* |
| 915. Jérôme Leroy | *Un peu tard dans la saison* |
| 916. Pasquale Ruju | *Une affaire comme les autres* |
| 917. Jean-Bernard Pouy | *Trilogie spinoziste* |
| 918. Abir Mukherjee | *L'attaque du Calcutta-Darjeeling* |
| 919. Richard Morgiève | *Le Cherokee* |
| 920. Antonio Manzini | *La course des hamsters* |
| 921. Gunnar Staalesen | *Piège à loup* |
| 922. Christian White | *Le mystère Sammy Went* |
| 923. Yûko Yuzuki | *Le loup d'Hiroshima* |
| 924. Caryl Férey | *Paz* |
| 925. Vlad Eisinger | *Du rififi à Wall Street* |
| 926. Parker Bilal | *La cité des chacals* |
| 927. Emily Koch | *Il était une fois mon meurtre* |
| 928. Frédéric Paulin | *Prémices de la chute* |
| 929. Sonja Delzongle | *L'homme de la plaine du nord* |
| 930. Sébastien Rutés | *Mictlán* |

*Composition APS-ie*
*Impression Maury Imprimeur*
*45330 Malesherbes*
*le 18 octobre 2021*
*Dépôt légal : octobre 2021*
*Numéro d'imprimeur : 257845*

ISBN 978-2-07-292309-8 / Imprimé en France.

**373639**